JN191486

Cinema Detective

キネマ探偵

カレイドミステリー

会縁奇縁のリエナクトメント

斜線堂有紀

Yuki Shasendo

光文社

キネマ探偵 カレイドミステリー

会縁奇縁（あいえんきえん）のリエナクトメント

Contents

装画　こがあゆ美
装丁　鈴木大輔（ソウルデザイン）

Cinema Detective
作為改変のコンティニュイティ
Kaleido Mystery

我々映画人には責任がある。映画を商品から芸術に高める責任だ。

カール・テオドア・ドライヤー

映画を何本も観ているというと、教養があるんだなと言われて褒められることがある。別に俺は褒められる為に映画を観ているわけでもないし、映画についての専門知識がすらすらと出てくるわけでもないので、言われるとかなり気まずくなる。そもそも、俺が思うに、映画というものは他の趣味に比べてなんだか妙に特別視されているような気もする。かくいう俺も、映画に詳しい人間に一目置いてしまう側の人間なんだが。

「映画がそもそもプロパガンダに利用されるほど影響力の強いものだからじゃないかな。かの映画の巨匠カール・テオドア・ドライヤーも、映画は芸術であるという思想の下に作品を作っていたわけだし」

カール・テオドア・ドライヤーは、以前の事件で嗄井戸が説明してくれた。こういう知識がパッと引き出せるようになった辺り、俺は前より映画に詳しくなったんだろうか?

「日本でも映画が流行り出した頃はその悪影響が懸念されて、大々的な規制運動があったくらいだからね。探偵と怪盗が追いかけっこをする『ジゴマ』というアクション映画があまりにも子供達の間で流行ったせいで、子供達が怪盗ジゴマのようにならないかが懸念されたんだよね。そのくらい映画が社会的なものだと見做されていたわけでもある」

「映画なんてただの娯楽なのにな」

「個人的には、僕も映画を沢山観てる人の方が好きだけどね。だってその人は、沢山の価値観を吸収して生きてきた人でしょ？　だから、教養かはわからないけれど、少なくとも見ている世界は広い人だろうから」

勿論、その広い視野で他人を踏み躙る人間もいるんだけどね、と言い添えてから、嗄井戸は何かを思い出すかのようにじっとスクリーンを眺めていた。

俺は以前より映画を観るようになったけれど、世界は広がったんだろうか？　暗い部屋に引きこもっている嗄井戸の世界は、それでも映画のおかげで広がっているんだろうか？

それが俺には、未だにわからないのだ。

＊

さておくとして、毎日毎日義務のように映画鑑賞に付き合わされている俺は、どうやら映画に詳しい人間と勘違いされているらしい。

「奈緒崎！　奈緒崎は映画に詳しい映画通なんだよな？　だったら、俺達の作った映画を観てアドバイスをしてくれ！」

俺と同じ英知大学三年の同期・戸隠元太郎にそう乞われ、俺は正直困った。相手が真剣であることが嫌というほど伝わってきたからである。こういう真剣な相手には弱い。適当に雑なアドバイスをしてあしらうのが申し訳なくなってしまうからだ。俺は溜息を吐きながらいう。

「いや、俺は別にそうでもないぞ」

「詳しい奴はみんなそう言うんだよな。謙遜すんなよ」

「別に謙遜ってわけじゃなくて、本当に何も分かんないんだわ。こないだ評価めっちゃ高い親子の映画観たけど話すらわかんなかったし」

　俺の正直な告白を受けても、戸隠は全く怯まなかった。というか、自分の世界に入ってしまって全く聴こえていないらしい。

「俺達は長らく悩んでたんだ。作った映画を全国大学生映画コンクールに送っても、箸にも棒にもかからない。絶対に面白い作品なのに、何がいけないんだ？」

「なんかどんでん返し入れたらいいんじゃないか？　とりあえずそういうのがウケるらしい」

「奈緒崎は新作映画大体観てるだろ！　それどころか話題作はきっちり押さえてて、本当にすごいよ。俺ですら新作映画のチェックを怠ることが多いのに」

「別にそれも自分がめちゃくちゃ好きで観てるわけじゃないんだけどな……」

「なあ頼むよ！　本も映像も全部見せるから、答えをくれ！　来週、ＤＶＤとか渡すからさ！」

　そこまで言ってこられると尚更困った。俺は興味の無い映画は半分くらい意識を飛ばして観るような意識の低い映画好きだ。本気でコンクールを目指しているような人間にアドバイスをする自信はまるでない。それに、戸隠が作っている映画がシリアスなヒューマンドラマとか哲学的で難解な映画だったら、それだけでちゃんと観られない可能性がある。

「勿論、無料とは言わない。謝礼は出す。一万円だ」

一介の映画好きとして、この真剣な依頼を断るようじゃいけないだろう。俺は引き受けることにした。

俺はそこまで映画に詳しいわけじゃない。だが、この世で一番映画に詳しい男――嗄井戸高久(たかひさ)のことは、とても詳しく知っている。

映画の街・下北沢(しもきたざわ)にある銀塩荘(ぎんえんそう)というアパート――嗄井戸はその二階に住んでいる。俺と同じ大学生ではあるが、今は休学中だ。

そうしてやることも無く何をしているかというと、部屋を丸々豪勢なホームシアターに改造し、日がな映画を観ているのである。これが映画に詳しい映画通でなくて何だと言うのだろう。

世の中には適材適所という言葉がある。今こそ、嗄井戸の映画通ぶりを役立てる時だ。なんのことはない。俺がアドバイスする必要なんかないのだ。代わりに、詳しいやつにアドバイスをもらえばいい。

俺は現代映像研究会から預かってきたＤＶＤを手に、颯爽(さっそう)と嗄井戸の部屋に飛び込んでいった。

嗄井戸は今日も今日とてスクリーンの前のソファーに座っていた。アパートの二階部分を丸々ぶち抜いて一部屋にするという贅沢(ぜいたく)極まりない造りをしているというのに、こいつは殆(ほとん)どその位置から動かない。

俺が部屋に入ってきたのに気がつくと、嗄井戸は不機嫌そうに振り返って「来たね……」と小さく呟(つぶや)く。白黒映画から抜け出してきたような真っ白い髪に、唯一の取り柄と言ってもいいような綺麗(きれい)な顔がくっついている。これが、この部屋の主にして引きこもりの映画マニア、嗄井戸高久だ。

性格は偏屈で協調性が無く、人見知りで皮肉屋だ。とあるきっかけから大学を休学して以降、まともに外にも出ず映画ばかり観ている社会生活不適合者である。しかし、こいつにも良いところがある。嗄井戸には豊富な映画知識と無類の賢さが備わっていて、こと映画関連の事件は華麗に解決出来る映画専門探偵であるのだ。

最初の頃こそ可愛(かわい)げのない引きこもりだと思っていたが、そういうところには正直一目置いている。紛れもなく嗄井戸は天才で――他の人間にはない特別さがあるのだ。

「なんだよ。俺が来る時はいつも嬉(うれ)しそうにしてるくせに。今回はお前の好きな映画のＤＶＤ付きだし。もっと大はしゃぎするべきだろ」

嗄井戸はそれこそ映画と見れば大はしゃぎし、古今東西のありとあらゆる映画を観ている人間だ。それなのに、戸隠から託された映画のＤＶＤを見ても、嗄井戸はまるで嬉しそうな顔をしなかった。

「僕の好きな映画って言ったって……素人(しろうと)映画サークルが作ったものでしょ。嬉しくも何とも無いよ。映画研究会じゃなくて、現代映像研究会って名付けるところが嫌だね。そもそも、古典映画の扱いはどうなっているの、それ」

「観るよりは作る方がメインだからだろ」

「どうだか。古典にリスペクトの無い団体の作った映画なんて観るに値(あたい)しないよ。時間の無駄に決まってる」

嗄井戸は不服そうに鼻を鳴らしながらそう言った。あまり褒められたことではないのだが、嗄井戸は他の人間を――特に映画好きを標榜(ひょうぼう)する人間を、自然と下に見る傾向がある。本人が並外れた美形であるからまだ憎まれ口にも耐えられるが、そうでなければ腹立たしさが勝つところだ。

だが、その傲岸不遜さがむしろ役に立つ場面でもある。嗄井戸なら、現映研の映画をばっちり批評してくれることだろう。

「けどな、奴らの映画への愛情は本物なんだよ。俺が思わず嗄井戸に批評を頼むくらいにな。お前が的確な批評をしてやったら、ここから未来の天才映画監督が生まれるかもしれないぞ。これは日本の映画界に貢献することにも繋がるんだ」

「……奈緒崎くんにそう言われた時は納得しかけたけど……。奈緒崎くんは日本の映画界に貢献したいとか、映画監督になりたい若者を応援したいとか、そういうタイプじゃないよね。何かおかしいような……」

「何だよ。変に疑うなって」

ちなみに、嗄井戸には報酬の一万円のことは伏せている。嗄井戸は元々金持ちだが、報酬の件を伝えることで、映画の評価に影響を与えてはいけないからだ。

「そもそも、奈緒崎くんはそのサークルには何の関係も無いんでしょ」

「ああ、まあな」

俺は複数のサークルに名義貸しをしてたまに飲み会に参加するくらいで、本来なら現映研にも関係が無い。戸隠だって講義がたまたま被っていたから仲良くなった相手だ。

「……そういえば、奈緒崎くんって特定のコミュニティに所属するタイプじゃないもんね。何かに対して熱心に活動することはないっていうか」

「まあ……そうだな。ていうか、お前だって似たようなもんだろ」

「三年近く休学してる人間に似たようなものっていうのもどうかと思うけど……」

嗄井戸は微妙な顔をして俺を見ると、軽く首を傾げた。

「君ほどフットワークが軽い人間なら、少し世界を広げようとするだけで色々なものが手に入りそうなものなのに」

「まあ、別にやりたいこともなかったしな」

「それこそ、現映研に興味は無いの？　君に意見を求めてくるくらい、君のことを買ってくれているんでしょ。それに、君だってその求めに応じて僕にアドバイスを求めてきたんだし」

そう言われて、はた、と思う。こいつがこんなに食い下がってくるのは珍しい。過去のことで引きこもりになってしまった嗄井戸も、最近は少しずつ外の世界に目を向けるようになっている。そのせいで、俺を通した交友関係の広げ方に目が向くようになっているのかもしれない。

現映研に自分が入ることを想像してみる。別にそこまでしっくりくるわけじゃない。けれど、じゃあ俺は何だったら興味を持っていただろうか？

「ていうか、俺もう三年だしな。興味持っても引退だろ」

「ふーん。まあそうか」

「その分、未来あるサークルに貢献したいって思ったわけで」

「……ふーん、まあそうなの？」

嗄井戸はなおも訝しげに俺のことを見つめていたが、やがて溜息を吐いて頷いた。

「はいはい。『観てもいい』って言ったのは僕だし、ちゃんと有言実行するよ。それにしても、待ち合わせの時間より二時間も遅くなったのはどういうこと？　二時間あったら映画が一本観られたよ。まさか、ＤＶＤを受け取るのにそこまで時間が掛かったの？」

嗄井戸が不服そうに口を尖らせる。嗄井戸はこう見えて、時間に厳しい。今日みたいに十三時に待ち合わせをしたら、十三時に部屋に来るよう要求してくる。なので、俺も出来る限り約束の時間に着くようにしているのだが——今回ばかりはそうもいかなかったのだ。

「ちょっとした手違いがあったんだよ。あっちもあっちでバタバタしててさ」

「戸隠くんと何かトラブルでも？」

「いや、トラブルっていうか……」

俺は少し考えてから言った。

「戸隠とは会えなかったんだ」

「二週間後には映画が完成してる予定だから、二週間後の十一時に食堂で待ち合わせな。そこでＤＶＤを渡すから」

戸隠のその言葉に頷いて早二週間。俺は嗄井戸に話をつけた上で、ＤＶＤを受け取りにやって来た。だが、戸隠の姿はそこには無く、何度電話をしてもなかなか繋がらない。一時間ほど待ちぼうけを食ったところで、ようやく戸隠と連絡がついた。

『すまん！　今日だったよな……完全に寝過ごした。本当に申し訳無い。ＤＶＤ自体は現映研の部室にあるから、取ってきてくれないか……』

電話口の戸隠の声はいかにも憔悴しきっていて、下手に責めることも出来ないような有様だった。

「なんか声ヤバいけど大丈夫か？　風邪(かぜ)でも引いたのか？」

『ああ……大丈夫。ちょっと疲れてるだけだ……本当に悪い。また今度埋め合わせはするから……』

それだけ告げられると、電話は切れた。俺は食堂を出て、現映研の部室に向かった。


「あー、いらっしゃい。君が映画通の奈緒崎くん？　私は現映研副会長、イスパニア語三年の水瀬(みなせ)。戸隠から話は聞いてるよ。ちょっと待ってね」

現映研の部室に着くと、小柄な茶髪で眼鏡の女子大生が俺を待っていた。戸隠から連絡を受けたのだろう。彼女は部室の棚をごそごそと漁(あさ)り、しばらくしてから居酒屋のロゴが入ったビニール袋を俺に差し出してきた。

「ごめんね時間掛かって。ちょっと部室が荒れててさ……こっちもどこに何があるか把握出来てないの」

水瀬の言う通り、部室は散らかり放題だった。仮眠用らしきマットレスの上には、年代物の映画パンフレットが散らばっているし、ＤＶＤケースは床にそのまま積み上げられている。大きな棚の中身はひっくり返したかのようにぐちゃぐちゃで、差してある本が上下逆さまになっていた。

「何？　もしかして部室の引っ越しとか？」

「そうじゃない。……探し物してたら、こんなになっちゃって。戸隠もそれ関連でめっちゃ忙しくしててさ」

「あー、だから戸隠の奴、あんなに調子悪そうだったのか」

「調子悪そうだった？」

俺の言葉を聞き、水瀬があからさまに表情を曇らせた。

「もしかして無理し過ぎたのかな……それとも心労で寝付けなかったのかな。戸隠の所為じゃないってあれだけ言ったのに……」

「それ、どういうこと？　……まさか戸隠に何かあったのか？」

俺が尋ねると、水瀬は眉を下げて答えた。

「戸隠に何かあったというか……今、現映研が大変なんだよ。奈緒崎くんはサークル活動承認書って分かる？」

俺は頷いた。

サークル活動承認書は、その名の通りサークル活動を承認する証明書のようなものだ。

この大学でサークルを運営する為には、学事から配布される承認書に全サークルメンバーの名前と学籍番号を記入した上で、部長と副部長の印鑑を捺して毎年きっちりと提出しなければならない。

これの厄介なところは、用紙の複製が出来ないことである。

なんでそんなに厳重にしなくちゃいけないのか分からないが、この用紙には一枚一枚学長の手書きでサークル名が記入されており、学長と学事主任の両方の判子が捺してある。平たく言えばコピー防止の対策が取られているということだ。

こうして世界に一枚しか無いサークル活動承認書が生まれるのである。この承認書の提出を以て、無事にサークルは一年の活動を許されるのだ。

逆に言えば、この承認書が提出されなければ、サークルは存続出来ない。どれだけ実績を積み上げたサークルであろうと例外無く取り潰しになってしまう。それくらい面倒で、融通の利かない紙切れなのだ。

「んで、そのサークル活動承認書がどうした――って、まさか……」

「うん。そのまさかだよ」

そう言って、水瀬は大きな溜息を漏らした。

「撮影でバタバタしてる内に、承認書が無くなっちゃったの。提出来週なのに、どこにもないの。ほんっとうに最悪だよね」

「え、じゃあ……」

「来週までに見つからなかったら、現代映像研究会は無くなる。そもそも新しいサークルなのに、一年で潰れるなんて最悪だよね。あーあ、折角二十人近く部員集めたのに……。そろそろ代替わりで、次の会長の指名なんかもしてたんだよ。どうしよう」

「それヤバくないか？」

「ヤバいに決まってるでしょ。話の流れ分かる？」

水瀬は苛立たしげに言った。どうやら、そのことで相当気を揉んでいるらしい。

「マジか、だよな」

「……ごめん。奈緒崎くんに当たることじゃないよね。でも、こっちも必死でさ……今ここに私以外いないのは、みんなが手分けして探してるからなの。私も改めて部室を探してたところ」

さっき、ＤＶＤを探すのに手間取っていたのは、承認書の捜索で右往左往していたからなのだろう。よく見ると、部室は嵐でも来たかのような有様になっていた。

「大変な状況だったんだな……」

「うん。……でも、もう見つからないと思う……。部室も探したし、撮影所も探したし、今は個人の家を探すフェーズになってるけど、サークル活動承認書なんて持ち帰るやつなんかいないだろうし、多分、その映画の撮影中にゴミに出しちゃったんだ……」

「承認書は剝(む)き身で置いてあったのか？」

「ううん。ちゃんと紺色のクリアファイルに挟んでおいたよ。でも、紛れちゃうことは全然あり得るだろうから……」

それは確かにその通りだ。俺もファイルに挟んだレジュメを何枚も失(な)くしてしまったことがある。それだけ探して見つからないなら、捨ててしまった可能性が高そうだ。

俺の沈黙に諦めを見出(みいだ)したのだろう。水瀬はまたも大きな溜息を吐いた。

「はーあ、今年こそ大学生映画コンクールで入賞って息巻いてたのに、そもそもサークルが無くなるんだから意味無いよね。私も……その映画に懸(か)けてたのに」

そう言うと、水瀬は眼鏡をぐいっと上げて目元を拭った。

「水瀬もこの映画に出てるのか？」

「うん、一応ね。でも、俳優になりたいわけじゃないんだ。私は脚本担当で、脚本家志望。……将来の為にさ、色々書いてるの」

俺は素直に凄(すご)いと思った。将来の夢がきっちりと定まっていて、その為に努力が出来るというのは眩(まぶ)しい。俺には出来ない芸当だ。

「私も戸隠も、この映画に懸けてたの。さっきも言った通り、もう代替わりで引退じゃん？　私達なりにすっごく凝ってさ……撮影所まで借りたんだよ。本格的な映画の機材が借りられるところ……。そこで二日間にわたってロケをやったの」

それで撮ったのがこの映画というわけか。だとしたら、ここでサークルが無くなるのは痛いだろう。

「ロケは大成功だったんだよ。でも、クランクアップだってなって飲み会をして、気づいたら誰もサークル活動承認書の行方（ゆくえ）を知らないってことになって……。もう、大パニック。撮影所は綺麗にして返さなくちゃいけないからって理由でちゃんと掃除したんだけど、そこでゴミに紛れたんじゃないかとか、そうじゃない、どっかに紛れてるって話になって。戸隠なんか、そこから徹夜で部室を探したんだよ。で、それでも無いってなったから、私達は撮影所をもう一日追加で借りて、大捜索に入ったわけ。……でも駄目」

「無かったのか」

「うん……しかも最悪なことに、そこの撮影所ってエアコン無いの。だから格安で借りれたのね。……撮影はちゃんと休憩挟んでやったけど、捜索の時はみんなもうパニックになってたから、汗だくだくで床板ひっくり返す勢いで頑張っちゃったのよね」

水瀬がそう言ったところで、部室の扉が開いた。そこに立っていたのは、吊（つ）り目がちで痩せぎすの男だった。

「お疲れ様です、水瀬先輩」

「あ、お疲れ、宮内（みやうち）くん。……野口（のぐち）くんと松本（まつもと）さんの具合は？」

「もう全然大丈夫だって言ってます。それに……二人とも気にしてないって」

「でも、入院費とかはこっちが出すって言っておいて。これって確実に人災だからね」

そう言って、水瀬は大きな溜息を吐いた。そして、さっきの話の続きを始める。

「……大捜索の結果、後輩二人が熱中症で運ばれて大惨事。救急車もなかなか来なくて、……もう死ぬほど怖かった。私が諦めなかった所為だよ。さっさと切り上げればよかった」

季節は秋に差し掛かっているものの、気温は依然として高かった。この部室はクーラーが効いているが、一歩外に出れば汗が噴き出す気温である。

……こんな気温の中で、水分補給を怠って必死に物探しをしていたら……。結果は、目に見えている。

「水瀬先輩の所為じゃないですよ」

「ありがとう、宮内くん。でも、私の所為だよ。戸隠も具合悪いみたいでさ……。部室の捜索一人で任せちゃったから。きっと、私が捨てちゃったんだ。ペナルティ料金払いたくなくて、急いで片付けたから……」

これで、大体の話は分かった。

サークル活動承認書が無くなったお陰で、現映研は大わらわ。捜索の末に戸隠と後輩二人が体調を崩し、されど肝心の承認書は出てこない。

どれだけ良い映画を撮ったとしても、サークルは取り潰しになってコンクールへの出品も叶わない。……というわけだ。

正直なところ、俺はめちゃくちゃ気まずかった。

こうなってくると、映画の出来云々の話じゃない。というか、俺がのこのこ映画のＤＶＤを取りに来たことすら忌々しいくらいだろう。

俺が部室にやってくる前に戸隠から説明が欲しかったが、多分それどころじゃないんだろう。パニックになって、俺に講評を頼んだことすら忘れているのかもしれない。律儀に受け取りにくるんじゃなかった。俺が微妙な笑顔を浮かべているのを見て、水瀬は気丈な笑顔を向けた。

「でも、映画自体は物凄く良い出来だから、良ければ奈緒崎くんに楽しんでほしい。で、純粋な感想が欲しいな」

「俺でいいのかな……」

「もちろんだよ。だってだって、大抵の映画は観ているくらいの映画マニアなんでしょ？　そういう人が私達の映画を凄く楽しみにしてるって聞いて、撮影にも気合いが入ったよ」

薄々勘付いていたことだが、戸隠は俺のことを相当盛って説明したらしい。元々、戸隠が俺を映画マニアだと誤解したのは、嗄井戸から仕入れた映画の蘊蓄を飲みの席で話して聞かせたからである。その程度で、まるで戸隠は俺を映画の申し子のように崇め奉るようになってしまったのだ。俺は自業自得の因果が巡りゆくのを感じた。

「戸隠監督、私が脚本、キャストは最高の仲間達で、素敵な思い出になった。戸隠は私の脚本を凄く大切にしてくれてさ……ちゃんと再現してくれたの。尤も、編集してある完成版はまだ私も観てないんだけど」

「あー、思い出っていうのは大事だよな」

「もしコンクールに出せなくても、……現代映像研究会が無くなっちゃったとしても、YouTubeにでもアップしてバズってみせるからさ。奈緒崎くんからは忌憚無き意見が欲しいよ。よろしくね」

「水瀬先輩、その意気ですよ！　その映画、俺も出演してますから。演技にも注目してください！」

宮内とかいう後輩もやたら息巻いてそう言ってくる。どことなく気まずい空気が、どことなく感動的な空気に移り変わっている。

「奈緒崎くん、ＬＩＮＥも交換してもらえる？　建設的な意見があったら、どんどん送ってくれて構わないから！」

「あー、わかった。二次元バーコード出すわ」

「傑作だから、楽しみにしてて！」

水瀬が気丈な笑顔を向ける。大変な状況なのに、前向きだ。

俺みたいに大学生活を適当に送っていた人間にとっては、何かを完成させるってこと自体が感動的だ。みんなで入賞を目指した渾身(こんしん)の一作を撮ったのに、このままサークルごと無くなってしまうかもしれないとあったら、気が気じゃないだろう。いくら動画投稿サイトに上げたところで、不完全燃焼感は否めないはずだ。

なので、流石(さすが)の俺も言えなかった。

サークルが無くなったら、報酬の一万円も無しになるの？　とは。

話を聞いた嗄井戸は心の底から興味が無さそうな顔をしていた。俺の持っている袋を見つめた後、何ともいえない声で言う。

「話は分かった。大変だったね。それで思ったんだけど、サークルが潰れるなら、そんな映画観なくていいんじゃない？」

「お前、本当に心が無い奴だな。さっきの話聞いてただろ。もう無くなるかもしれないサークルが、最後の思い出と言わんばかりに必死で作った映画なんだぞ。お前がアドバイスして、凄い映画にしてやればいいじゃん」

「奈緒崎くんがそんな私情で動くとは思えないから、絶対に裏があるでしょ……」

嗄井戸は友達が少ないから、たまにこうして疑り深さを見せることがある。

「俺に友達が多いのは、私情で動く人間だからだぞ。観ようぜ。というか、お前は名作じゃない映画も結構いっぱい観てるじゃん。ほら、なんか……サメが飛んだりするやつ……なんでこれは駄目なんだよ」

「サメが飛んだりする映画はサメが飛んだりするのを楽しめるからだよ……」

俺は恨みがましく言う嗄井戸を無視して、ＤＶＤプレイヤーにディスクを差し込む。

「あんまりこういうことを言いたくないんだけど、素人が作った映画で面白いことって九十九％無いんだよ。そうして、残りの希有な一％はそのまま映画監督になる。君はその珍妙な名前のサークルにスティーヴン・スピルバーグがいると思うわけ？」

「いるかもしれないだろ。道を歩けば連続殺人犯がいる場合もある世の中だぞ」

そうして、嗄井戸の物凄くお高いスクリーンを使った上映会が始まった。

『現代映像研究会　ブラッド・ノットシンプル』

廃屋のような部屋の中に、五人の男女が立っている。その中には、脚本担当の水瀬の姿もあった。

窓の外では雷が轟(とどろ)いているが、俺でも分かるくらい安っぽいCGだった。カメラが引き、宮内を映し出す。宮内は鹿撃ち帽にパイプを持ち、インバネスコートを着ていた。平たく言えば、シャーロック・ホームズのコスプレをしている。

探偵役の宮内は五人を見回し、恰好(かっこう)良く宣言する。

「この中に……吸血鬼がいる！」

窓の外で大きな雷鳴が轟き、画面に映っている女がキャーと甲高い叫び声を上げる。他の四人も「誰だ！」「そんなものはいない！」「私じゃない！」と口々に喚(わめ)いていた。彼らが話す度にカメラがぐるぐると回るので、まともに観ていると酔いそうだ。

「撮影所で機材を借りたと言っていたから、使いたかったんだろうね。これは、丸いレールを敷いてその上をカメラに走らせる手法なんだ。すると、こうしてぐるぐると画面を回して、次々に登場人物を映すことが出来る」

隣で観ている嗄井戸が、そう補足説明を加えてきた。

「なるほどな。で、何の意味があるんだ？」

「この場においては何の意味も無いね」

嗄井戸が言うと、突然画面が切りかわった。そして、黒い背景に『回想』という文字が浮かぶ。

画面に現れた場所は、俺も知っているところだった。さっき水瀬と宮内に会った部室だ。

部室の中で、戸隠が緊張した顔をカメラに向けている。部屋は薄暗く、窓の外には雷鳴が轟いていた。勿論ＣＧだ。現映研の人間はこの効果がよほどお気に入りらしい。

カメラの前を、ゆらりと影のようなものが横切る。

「……まさか、お前が吸血鬼だったとはな……許さん！　ここで俺が倒す！」

どうやら、この影が吸血鬼という設定らしい。

戸隠は雄叫(おたけ)びを上げながらカメラに向かって突進してきた。

そこから、カメラの外で戸隠が何かと格闘しているらしき様子だけが映る。「ぐっ」とか「がはっ」とかわざとらしい呻(うめ)き声が漏れているものの、映っていないのでよく分からない。

そうしている内に、戸隠が画面外から、黒いゴミ袋に包まれた大きくて細長い物体を引きずってくる。戸隠はゴミ袋を床に引き倒すと、部室の棚をそいつの上に思いっきり倒した。部室の片付けがしんどそうだな、と、俺はややズレた感想を抱く。

「やったぞ！　俺が吸血鬼を倒したんだ！」

そうこうしている内に、戸隠が勝利の雄叫びを上げる。するとカットが変わり、戸隠の背中が映る。徐々に戸隠の背にカメラが寄っていき、いきなり暗転する。そして叫び声。

『回想終了』の文字が出る。

「演出が拙(つたな)くてよく分からなかったけれど、彼は生き返った吸血鬼に襲われたみたいだね。というか、暗転して文字を入れるくらいなら、他の場面もそうやってくれればいいのに。僕の昔観た映画では、車が爆発して炎上するシーンでわざわざ『車が爆発して炎上するシーン』って入っているものがあったよ」

「親切だな。この映画もそれにしたら分かりやすいのにな」


画面は再び冒頭の場面に戻っている。

さっき叫び声を上げた女が「待って！　戸隠くんがいない！」と叫ぶ。どうやら、この映画では役名と役者名が共通しているらしい。

すると、水瀬が窓に寄り「何かが燃えてるわ！」と叫びだした。水瀬が窓を開けると、カメラも窓の外を映し出す。

そこには黒いマネキンがあった。手の辺りには木製のバットが添えられている。多分、それを握ったまま倒れているという設定なのだろう。

水瀬が「あれは……暗くてよく見えないけど戸隠くん！」と叫ぶ。なるほど、あのマネキンが戸隠のようだ。ややあって、黒子（くろこ）が現れ、ライターオイルをマネキンに掛けていく。そして、躊躇（ためら）いも無く火を点（つ）けた。燃え上がるマネキンとバット。炎に照らされて、黒子の姿がばっちりと浮かび上がっていた。

「戸隠くーん！！！」

水瀬が叫び、部屋を出て行く。みんなもその後を追う。というか、さっきまで外は雷雨だったはずなのに、窓を開けた瞬間から外は綺麗に晴れていた。この矛盾は大丈夫なんだろうか？

変わり果てた戸隠を前に、水瀬が涙を流す。

だが、真に恐ろしいのは脚本の方だった。
『ブラッド・ノットシンプル』は非常に単純な作りになっており、全部で四つのシーンで出来ているらしい。ブツッと暗転が入るまでを一幕として、全部で四幕構成。以下が、脚本の内容である。

シーン一（九月十一日撮影）
「この中に吸血鬼がいる！」と探偵（宮内）が言う。みんな怯えている。雷が鳴っている。

シーン二（回想）（九月八日撮影）
被害者（戸隠）が一人で部室にいるシーン。部室にいる被害者（戸隠）は吸血鬼に襲われないよう武装する。けど、結局吸血鬼に襲われてキャー！　格闘！　被害者は吸血鬼をバットで殴りまくる！　でも結局キャー！

シーン三（九月十二日撮影）
「戸隠くんがいない！」
みんな、部屋から出る。そうしたら外で死んでる被害者（戸隠）の死体を発見してキャー！　被害者が燃え上がる！　形見のバットが燃えてしまう……。

シーン四（九月十二日撮影）

探偵（宮内）がくっくっくと笑い出し「実は自分が吸血鬼なのだ！」と言う。みんなが襲われる。

（終）

「……なんだこれ」

嗄井戸は地を這うような声で言った。

「脚本だろ。俺達が観てた映画と内容が同じだ」

「これは脚本じゃないよ！　ただの箱書きじゃないか！」

箱書きって何だ？　と俺が尋ねると、脚本を書く為に作っておく全体の設計図みたいなものだと説明を受けた。今回のものみたいに、シーン（箱）ごとに書くから箱書きと言うのだそうだ。

「というか、大まかな内容だけ決めて、台詞は全部アドリブに任せているの……？　だからあんなにみんながごちゃごちゃと喋りまくって……こんな伏線回収したくなかった！」

「でもまあ、この脚本の伝えたいことは伝わったから、アレで合ってたんだろ。むしろ再現度高いじゃん」

「しかも『キャー！』って指示……これで済ませられるなら、もう口頭で伝えてもいいくらいじゃないか！」

「臨場感はあるだろ」

「アドバイス以前の問題だよ！　コンクールで入賞出来ないことよりもっと別に悩むところがあるじゃないか！　こんなの詐欺だ！」

嗄井戸の嘆きはその通りだった。これはもう、映画に詳しいとか詳しくないとか、そういう問題じゃない。正直、嗄井戸の力を借りなくても、俺だけでアドバイスが出来ただろう。いや、アドバイスをする必要すら無いかもしれない。俺はただ「なかなかよかった」と、現映研のみんなを励ましてやれば良かったのだ。そうすれば、俺以外は誰も傷つかずに済んだのだ。

「なあ、これ……どうする？」

「どうするって言われても困るんだけど……」

「だよな」

俺は水瀬の気丈な笑顔や、やる気に満ちた宮内の顔を思い出した。……もしかしたら、嗄井戸の言う通り、現映研は承認書が見つからないまま、無くなった方がいいのかもしれない――。

そこで俺は、とある可能性に思い至った。リモコンを取り、早戻しを始める。

「え、奈緒崎くんもう一度観るの？」

「別に楽しもうとしてるわけじゃない。気になることがあってさ」

俺は戸隠が出てくる部室のシーンまで画面を戻すと、そのままじっと例のシーンを検分し始めた。不思議そうな顔をしていた嗄井戸が、納得したと言わんばかりに頷く。

「なるほど、奈緒崎くんの考えていることは分かったよ」

俺が注目しているのは、背景に映っている棚だ。この後、吸血鬼の上に倒されるものである。

「承認書が無くなったのは、撮影所で撮影を行ってからではなく、このシーンを撮った時。戸隠くんが棚を倒して、部室内がぐちゃぐちゃになった時だと考えたんだね」

「ああ。だから、このシーンをしっかり確認すれば、棚に紺色のクリアファイルが差さってるのが見つかるんじゃないか？」

「奈緒崎くんの考えは面白いね」

嗄井戸がそう言ったので、俺はいよいよ勢いづいてスクリーンを見つめた。画面の中の棚を検めるのは結構大変だが、やってやれないことは無いだろう。ここで無事に見つかれば、水瀬達に「ちゃんと部室を探し直した方がいい」とアドバイスをしてやれる。

だが、嗄井戸はやや楽しげに続けた。

「でも、残念ながら紺色のクリアファイルは見当たらないね」

「は？　まだまともに探してないだろ」

「無いよ。ちゃんと見たから」

嗄井戸は自信満々にそう言った。

まだこのシーンで止めてから、数十秒も経っていない。棚を一段一段確認していくには時間がまるで足りないはずだ。それなのに、嗄井戸は、はっきりと断言した。

「ここにファイルは見当たらない」

「……そうか」

俺は再び再生ボタンを押して、映画を再開させる。嗄井戸の観察眼は常人とは比にならない。あそこには本当に承認書は無かったのだ。

「でも無くしたタイミングが他に無いと思うんだよな。本当に捨てられたとは考えにくいし、ああいうゴチャゴチャした棚に突っ込んで、そのまま何処にあるか分からなくなることってあるだろ」

「まあ確かにそうだね。紺色のファイルなんか紛れやすいだろうし、焦っていたら尚更見落としそうだ」

「だろ？　なら絶対そういうことだと思ったんだけどな」

「ただ、気になる部分はあるんだよ。本来のシーン二では『吸血鬼をバットで殴りまくる！』って書いてあるだろ。なのに、このシーンでは殴ってない。吸血鬼に見立てた黒いゴミ袋に棚を倒してるだけだ」

「でも、そっちの方が演出的には派手だよな。あの脚本は色んなところが役者の裁量に任されてたから、戸隠の奴が演出を工夫したってことなんじゃないか？」

　そこで、俺はふと思い出した。

　水瀬は脚本が尊重されていたと言って満足げだったはずだ。けれど、ここは明らかにシーンと脚本が食い違っている。戸隠が倒したと思っている吸血鬼に襲われるというのが肝なのだから、俺としては構わないような気がするのだが……。

「シーン二でバットを使ってないのに、シーン三で燃やされる戸隠くんはバットを持っているしね。この映画は明らかにおかしいよ」

「でもさ、考えてもみろよ。ＣＧで適当に雷雨を起こして、外の状況と矛盾してるシーンを流すような映画だぞ。絶対何も考えてなかっただけだって」

「それにしては、妙に何かが引っかかるんだ……」

　そう言って、嗄井戸は再びスクリーンを見つめ始めた。画面の中では、相変わらず纏まりの無いキャスト達が、纏まりの無い叫び声を上げている。

　その時、俺のスマホがりんりんと耳障りな音を立てた。スワイプして着信を受けると、耳元で水瀬の声がした。

『奈緒崎くんー？　もう観てくれたかなー？』

どうやら、感想の催促らしかった。余りにも早すぎる。アマチュアクリエイターの感想への貪欲さを舐めていたようだ。ここは、どうにか誤魔化すしかないだろう。「悪い、まだ――」と言い訳をしようとしたところで、嗄井戸が俺の服を引っ張ってきた。そして、小声で囁く。

「現映研の人？」

「そう。副会長の水瀬」

俺はスマホの送話口を手で押さえながら答える。すると、嗄井戸が思いも寄らないことを言った。

「今から僕が質問することを、その副会長さんに代わりに質問してくれないかな」

唐突で訳の分からないお願いだった。だが、断る理由も無い。俺は頷くと、嗄井戸が耳元で囁く言葉をそのまま水瀬に伝える。

「急に質問なんだけどさ……撮影スケジュールは脚本の通りにいったのか？」

『え？　……うん。コンクールの〆切がギリギリだったから、その通りに進行した。結構キツかったけどね』

「承認書が無くなったのに気づいたのは？」

『九月十二日。今回の撮影を手伝ってくれた他大の知り合いが、サークルにもインカレで参加したいっていうから、撮影所で名前を記入してもらうことになったの。で、宮内くんが撮影所に持って来てくれてたはずなんだけど……無くて。正確には飲み会の時に気がついたんだよね。九月十二日の』

「戸隠が部室を探しに行ったのは？」

『話が出た飲み会の最中。パッと行って見てくるって言って』

「夜中でも部室入れるのか？」

『本当は駄目だけど、大学の北門はセキュリティー掛かってないし、忍び込むことは出来るよ。てか、夜の大学で映画を撮る為に、何度も侵入してるしね。部室の鍵は戸隠が持ってるし』

「なるほどな……」

『他に誰かついていかせようかってなったんだけど……結構みんな酒入ってたから、会長の戸隠に任せることにしたの。で、そこから連絡が途絶えて……』

「戸隠から連絡が来たのが朝だったんだな？」

『そう。徹夜で部室を隅から隅まで探したけど見つからないって。私は慌てて、もう一日……九月十三日も撮影所を借りて、現映研のメンバーが総出で撮影所を探したの。流石に徹夜の戸隠を働かせるわけにはいかないから、戸隠は抜きで。……それで、部員二人が熱中症になったの』

「部室は改めて探したのか？」

『十四日にみんなで探したよ。でも、本当に無かった。あれだけ虱(しらみ)潰しに探して見つからないんだから、もう諦めムードって感じ』

「ところで……あの戸隠の死体って何で出来てるんだ？」

『ああ、あれ？　ただの黒く塗ったマネキンだよ。でも、シーン二で予想以上に戸隠が張り切っちゃって、腕とかが取れちゃってさ。上から黒いゴミ袋で巻いて補修して最後まで使ったんだよ』

俺は、ゴミ袋で巻かれたマネキンのことを思い出す。戸隠が思いきり棚を倒して押し潰したやつだ。

「最後に一つ……。どうしてバットなんだ？」

『かっこいいじゃん。しかも、戸隠は野球部だったんだよ？　様になるじゃん。じゃあ、ちゃんとした感想期待してる――って、あれ？　結局観たの？　観てないの？――』

水瀬がそれ以上何かを言う前に電話を切った。そして、腹話術師のようになっていた嗄井戸に向き直る。

「今の質問、何か意味あったのかよ」

「勿論。これで、何となく何が起こったのかが分かってきたよ」

そう言って、嗄井戸は笑った。

「にしても、感想はどうしような。こんなことになっちゃったんだから、現映研にはあんまり厳しいこと言いたくないしな」

「奈緒崎くんは優しい……いや、優しくはないな。甘いよね。ここで映画を絶賛してあげれば確かに喜ぶかもしれない。でも、これからには繋がらないよ。良い映画を撮りたいって気持ちがあるなら、駄目なところも教えなきゃ」

「でも、無くなるんだぞ。現映研」

俺が言うと、嗄井戸はじっと俺のことを見つめてきた。大きな瞳に、困惑した俺が映っている。

「分かった。じゃあ、一つ現映研を喜ばせるような映画の感想を言ってあげよう。きっと、全員がこの言葉を励みにし、やる気を出すだろうね」

「お、そんな言葉があるのか」

「あるよ。とっておきの『感想』がね」

果たして、嗄井戸の感想はシンプルなものだった。

『サークル活動承認書は〆切前に必ず見つかる』


翌日、俺は大学近くのカフェで戸隠と待ち合わせをした。少しお高めのコーヒーを出すので、そうそう学生は利用しない店だ。ここならまず現映研の人間と鉢合わせることはない。どうせ支払いは戸隠に任せる予定なので、俺はコーヒーと同じくらいお高めなチーズケーキまで注文してやった。

「それじゃあ、これ……」

戸隠は大きな身体(からだ)を最大限縮こまらせて、おずおずと紺色のファイルを取り出した。

そこに挟まっているのは、紛うことなきサークル活動承認書である。ちゃんと英知大学の学事による印も入った本物だ。

「段取りはこうだ。俺は今から下見の体で撮影所に行く。んで、お前らが借りた部屋でこのファイルを見つけたって言って、撮影所の係員に渡す。係員に無くしたことは言ってあるから、お前か水瀬に連絡が来るだろ」

「ああ、まず間違いなく来るな……。でも、撮影所をあれだけ探したのに見つからなかったっていうのは不自然じゃないか?」

「なら、なんかの手違いで別の部屋に紛れ込んでたんじゃないかとか、係員が預かってたのに見落としてたとか、とにかく別のものに原因をなすりつけろ」

「いけるかな……」

「でも、あんまり心配することないと思うぞ。大半の部員は見つかった嬉しさと安心で、細かいことは気にしないって」

というのは、嗄井戸の言だ。確かに、あわやサークルが無くなるって話になっていたんだから、承認書が結局どこから出てきたかなんて大した問題にもならないだろう。

「これで良かったな。全部丸く収まったじゃん」

俺が笑顔で言うと、戸隠は怖々と頷いた。

「……でも、いつ気づいたんだ？　承認書は俺が持ってるって」

「そりゃあ……映画を観た時に決まってるだろ？」

「お前、怖いな。そんなに名探偵だとは思ってもみなかった」

「俺は探偵じゃない。探偵は家で映画観てるよ」

戸隠はいよいよ不可思議そうな顔をしていたが、やがて緊張が解けたのか、背もたれにドッと体重を預けた。

「一時はどうなることかと思った。正直に言うべきなんだと分かってはいても、どうしても出来なかった」

「わかるよ。そんな状況じゃ言い出せるわけない」

「現映研のみんなは俺を慕ってくれてるし、俺もあいつらが大好きなんだ……あいつらだから、良い映画が作れたんだと思ってる」

それについては何とも言いづらいが、俺は訳知り顔で頷いた。そう思ってくれていた方が、誰も傷つかずに済むだろう。

「奈緒崎は俺の恩人だ。本当に世話になったな」

「いやいや、むしろ安心したわ」

俺はケーキを頬張りながら言う。やはり、自分一人じゃ絶対に来ないようなお高い店のケーキは美味い。嗄井戸が外に出られるくらい元気潑剌だったら、この場に連れてきてやってもよかったのに。代わりに俺は、笑顔で尋ねる。

「ついでに謝礼の件なんだけど……色ついたりする？」

必死で頷く戸隠を見ながら、俺は嗄井戸の推理を思い出していた。

＊

「どういう意味だ？　承認書は見つかるって……どこにあるか分かったのか？」

「まあ、そうだね。ある程度の見当が付いたって言った方が正しいかな。順を追って説明するよ。前提として——シーン二はこの映画の中で最も後に撮られたシーンだ」

「は？　だって、脚本に書かれた撮影日は九月八日になってるぞ」

「多分、差し替えられたものだよ。シーン二には、脚本と違う部分があるよね」

「吸血鬼がバットで殴られるんじゃなくて、棚を倒すことで倒されてるな」

「そう。単に演出を変えたいだけなら、別にバット自体は部室にあってもいいんだ。というか、副会長さんのイメージ的に、バットは武器というよりも戸隠くんのキャラ付けの為に持たせたものみたいだし」

「なんかそんなこと言ってたな……」

「演出を加えるにあたって、引き算しなくてもいいものが無くなっている。その理由は色々考えられるけれど、一番簡単なものがあるよね」

「一番簡単なもの？」

「『あのシーン二を撮った時には、バットが無かったから』っていう理由だよ。だから映ってないんだ」

　なるほど、嗄井戸の理屈は分かった。バットはシーン三で燃やされて無くなってしまった。だから、シーン二には登場しない——いや、登場出来なかったのだ。

　一方、吸血鬼を模したマネキンの方は補修の為にゴミ袋で巻かれていた。あれなら、複製が出来る。ゴミ袋に何かを詰めて紐で縛り、人の形に整えればいいのだ。シーン二では吸血鬼の姿自体はまともに映っておらず、最終的に棚で潰されるだけの役割だ。替え玉は容易だろう。

「けど、バットで吸血鬼を殴るっていう本来のシーン二も撮られたことは撮られたんだろうね。何しろ、ちゃんとマネキンが壊れて補修されているんだから。よって、シーン二が二回撮られたことが分かるんだ」

　一個一個理屈をつけて説明されたお陰で、すんなり納得がいってしまう。だが、分からないのはどうしてそんなことが行われたのかって理由の部分だ。すると、嗄井戸は生徒に算数でも教えるような時の顔をして続ける。

「どうしてシーンの差し替えが起こったか——それは、奈緒崎くんから聞いた現代映像研究会のドタバタと絡めれば見えてくるんじゃないかな」

「承認書が無くなったことが関係してるのか」

「そう。シーン二が戸隠くんの単独出演のシーンである以上、撮り直しを行ったのは彼だろう。彼は何で撮り直しをしたんだと思う？　ヒントは奈緒崎くんが注目していた場所にあるよ」

「もしかして、棚？」

「そう。多分、棚には承認書のファイルが差さってたんだ。宮内くんは部室から撮影所に持って行かなかったんじゃないかな」

「なんだ。単なるすれ違いか。……いや、でも待てよ。部室は戸隠が探して、それでも見つからなかったから大騒ぎになったんだぞ」

「それが今回の肝だろうね」

嗄井戸は珍しく困り顔で言った。

「多分、戸隠くんが部室で承認書を見つけられなかったのは、酔っ払っていたからなんだ。何しろ、彼は飲み会の途中で抜け出して捜索に行ったんだからね。僕が言うことじゃないかもしれないけど、本来ならそんな人間の言うことなんか、端（はな）から疑うべきだったんだよ。よれよれの戸隠くんは朝まで無駄な捜索をして、副会長さんに『見つからなかった』と報告をする。なまじ朝まで探したって実績があるから、みんな戸隠くんの証言を信じて撮影所で無くしたに違いないと思い込み、捜索を開始する。戸隠くんはそのまま、部室のマットレスで疲れ切って眠ってしまう……」

嗄井戸の推理が進んでいくにつれ、俺は何だか胃が痛くなってきた。他人事（ひとごと）であるのにこの有様だから、当事者はもっと居たたまれなかっただろう。

「で、目が覚めて酔いも抜けた戸隠は、改めて探した棚で承認書を見つけてしまう……」

「でも、起きた時にはもう遅かった。戸隠くんは猛暑の中、冷房の無い撮影所で一日中サークル活動承認書を探し回らせてしまった。その結果、二人の部員が熱中症で倒れることになったわけなんだよね。それだけでも不祥事なのに、実は承認書は自分が探したはずの部室の中にありました……なんて、後から言い出せると思う?」

「言い出せないな……」

気まずいどころの騒ぎじゃない。何の為に丸一日地獄を味わったのか、救急車まで出動させたのかという話になってしまう。

「だから、撮り直しをすることにしたんだよ。棚にファイルがあるのを見たら、宮内くんが連鎖的に思い出すかもしれないし、あとは、棚をよく探していないっていうことがバレるのも、戸隠くんにとっては痛かった。だから、シーン二を撮り直すことでその点も丸ごとカバーすることが出来たんだよ。棚を一度倒して、中に入っているものをぐちゃぐちゃに仕舞えば、一生懸命探した後のように見える」

俺は、棚の中の物の配置が変わって戸惑う水瀬を目撃している。

「多分、撮り直しを行ったのは十三日の夜だろう。そうして撮り終えた戸隠くんは、承認書をとりあえず持ち帰って手元に置いておいた。……出すタイミングを逃したかもしれないけど、このまま現映研が無くなるのは避けたいだろうから、何にせよ〆切前には出してくるだろうと思うけど……」

「これが承認書が無くなった事件のカラクリか。なんかまあ……面倒臭いことになってんな。本人は必死なんだろうが」

「それはそうだよ。映画を編集している時も、頭はこのことでいっぱいだっただろうね。とはいえ、この映画が酷い理由は戸隠くんがいっぱいいっぱいだったからってだけじゃないと思うけど」

そこで、嗄井戸は少し考え込む素振りを見せた。ややあって、嗄井戸が俺に向き直る。

「だったら、君が助けてあげたらいいんじゃないかな？」

「俺が？」

「戸隠くんが見つけました、だとどうしても不自然になるし、戸隠くん本人もそれを気にしているんだろ？　なら、君が承認書を回収して、そうだな……撮影所なんかに忘れ物として届ければいいんじゃないかな。撮影所の下見に来たら見つけました、という体で」

「あー、そうすりゃ自然に出せる……のか？」

「そのくらいしてあげてもいいんじゃない？　どうせ、報酬貰(もら)う予定なんでしょ」

「え、なんだよ急に」

「だって、奈緒崎くんがやたら甲斐甲斐(かいがい)しいんだもん。奈緒崎くんはドライだし、あんまり友達甲斐の無い人間だけど、仕事だってなったらちゃんとやるでしょ。だから、バイト代くらいは貰ってるかなって」

……俺は黙り込んだが、こういう時の沈黙は肯定に等しい。まあ、俺の頭にはずっと、その一万円の話があった。これはバイトなんだから、出来る限り現映研の為になるようにしなくちゃな、と思っていたのも本当だ。それが嗄井戸に見透かされていたというのは、正直かなり気恥ずかしいところがあるのだが。

「君は君が思ってるより律儀な人間なんだよ」

嗄井戸が何故か満足げに笑う。まるで、面白い映画を観終えたかのような笑顔だ。

「ところで、物は相談なんだけど」

「なんだよ」

「『承認書の問題を解決する』って戸隠くんに言ったら、彼は多分……多少報酬に色をつけてくれるんじゃないかな？」

俺は嗄井戸の言葉の意味を察した。

「お前、金持ちだろ」

「でも、正当な報酬をパーッと使うのは気持ち良いだろ？」

嗄井戸が言う。それは本当にその通りだ。


こうして、サークル活動承認書は無事に現代映像研究会の元に戻り、俺は何だかんだで三万円を手に入れることになった。映画のアドバイス代ではなく、今回の名探偵ぶりへの報酬である。嗄井戸と一万五千円ずつで山分けしても、本来より多い。

互いに懐の潤った俺達は、ハーゲンダッツを食べながら映画を観ていた。『ブラッド・シンプル』というハードボイルドなスリラー映画である。金の為に非道な行いをする探偵が出てくる映画で、カットの一つ一つが恰好良く決まっていた。

「現映研の作った『ブラッド・ノットシンプル』は、多分この映画を元ネタにしているんだろうね。タイトルはそのままだし、探偵が犯人だというのも、この物語のオマージュだろう。そう考えると、彼らは過去の名作をちゃんと観てはいるんだね……」

「じゃあ、この映画にも吸血鬼が出てくるのか」

「出てくるわけないだろ。もう既に半分観てるのに、ここから吸血鬼が出ると思う?」

嗄井戸が厳しい口調で責めてくるので、俺は無視することにした。映画のことになると、嗄井戸はやたら厳しい。

……考えてみれば、今回の一件もある意味で犯人は身内の中にいたわけで、この事件の構造自体も、今目の前で上映されている映画を模したものになっている……のかもしれない、と俺は思う。もしかすると、この世に起こることの大半は、既に映画によって描かれているものなのかもしれない。

「にしても、シーンの差し替えから戸隠のやったことに思い至るのは凄いよな」

「……撮影所で沢山の映画を並行して撮っていた時代だと、セットや小道具を使い回すことは沢山あったんだ。ある映画で使われていたナイフが、別の映画でも登場していたりね。自主制作映画なんかでは、今でも道具はなるべく使い回されるものだ。それをあんな風に派手に使い捨てたから、印象に残っていたんだよね」

そう言って、嗄井戸は再びスクリーンに視線を戻した。

「そうだ。お前はお前で、どうして戸隠のことを助けようと思ったんだ?」

「別に……困っているようだったから、話のきっかけを作ってあげただけだよ。本当に言い出せなくて現映研が無くなってしまう可能性も……無くはなかったし。あるいは、責任を取って戸隠くんが現映研を辞めることになるとかね」

それにしたって、世話を焼きすぎているような気がしたのだ。報酬を受け取れたのが嬉しいのは嘘じゃないかもしれない。けれど、嗄井戸は別に特別金に執着があるわけじゃないのだ。

嗄井戸と戸隠は顔を合わせたことすら無い。外にもまともに出ない嗄井戸は、これからも戸隠と言葉を交わすことはないだろう。それなのに、自分からああして戸隠を助けるよう言ったということは——。

果たして、答えはシンプルなものだった。

「今回の映画は酷かったけれど、戸隠くんが映画を撮り続けている限り、彼が名監督になる可能性はゼロじゃない。そうしたら、僕は日本映画界を守ったってことになるかもしれないよ」

それは、俺が嗄井戸を説得した時に言った言葉だった。俺はなんだか可笑しくなって、嗄井戸の背を叩く。

「ちょっと、何？」

「いや、本当に、お前は日本映画界を守ったかもしれないぞ」

「本当にそう思ってる？」

「思ってる思ってる」

映画は終盤に差し掛かっていた。放たれた銃弾が壁を穿ち、線状になった光を暗い部屋の中に差し込ませていく。そこで嗄井戸は、思い出したように言った。

「終幕だ——快作だったね」

Cinema Detective
懐古所以（ゆえん）のオデッセイ
Kaleido Mystery

これは道徳的に尊大で、知的にあいまいで、とてつもなく長い。
アーサー・シュレジンガージュニアによる『２００１年宇宙の旅』評

素晴らしい映画というものは続編がどんどん作られるけれど、そのどれもが続きから観て楽しめるようになっている。

そういえば、俺が最初に観た『ターミネーター』は、実は1ではなく2だった。彼女の家に行った時に、テレビで丁度やっていたのだ。お陰で俺は、アーノルド・シュワルツェネッガーがずっと良いロボットだと思い込んでいた。州知事までやった人間が悪いロボットを演じるはずがあるか？と言うと、前後がズレているだろうと叱られた。

たとえば『バック・トゥ・ザ・フューチャー』なんかもＰＡＲＴ２だけ観てるとかＰＡＲＴ２が一番好きとかいう人間が多いらしい。そういう人達ってデロリアンがどうやって出来たかとかは特に気にしないんだろうなあと思いつつ、俺もそっち側なので文句は言えない。

あとは『エイリアン』とか『インビジブル』とか、俺はまだ観たことないけど『チャイルド・プレイ』とか？　映画っていうのはシリーズの途中から観たとしても普通に楽しめるように作られている。人を襲う宇宙人とか人を襲う人形とか、そういったものは別に前提さえ共有出来ていたらオッケーだもんな。

だから、この物語を始めるにあたっての前提っていうのは、俺の住んでいるアパートの二階には映画ばかり観ている唖井戸高久という名前の男が住んでおり、そいつはとても推理力があり、でもとある事件をきっかけに家からまともに出られなくなってしまった、ということだけなのだと思う。

唖井戸の部屋を見るといつも、世の映画好きの夢みたいな部屋なんだろうなと感動する。壁一面を覆うようなスクリーンに、そこらの映画館よりもずっと質の良いソファー。遮光カーテンを閉めれば昼間だろうが余計な光は入らず、いつでも映画鑑賞に集中出来る。唖井戸はれっきとした大学生なのだが、大学には行かず日がな一日この部屋で映画を観ている。

家がお金持ちだったら別にいくらでも引きこもってればいいじゃん、というのが俺の持論ではある。食うに困らないなら働かなくてもまあ構わないだろうし、映画を観て暇を潰せるのならそれだって充分良い人生だ。健康的には多少よろしくないだろうが、部屋の中をうろつかせておけば……まあ、どうにかなるんじゃないだろうか。焦る必要は無い。

俺は唖井戸とは違って、真面目に大学に通っている。一旦留年は挟んだものの、いや、挟んだからこそ、それなりに単位を取ろうと頑張っている。このままいけば、多分五年で卒業出来るのではないだろうか。一向に外に出る気配が無い唖井戸高久は、単位の数を順調に追い抜かされている。

そうして俺が苦言を呈すると「英知大学は七年まで休学出来るんだよ」と、こちらが間違っているとでも言わんばかりの態度で返された。どうしてそんなに偉そうな顔をされなくちゃならないんだ。

「それに、奈緒崎くんのレポートとか試験前のペーパー作成とか、全部僕がやってるじゃないか。

むしろ僕は君よりちゃんと勉強してるよ……。多分、合算したら卒業単位くらいにはなるんじゃないかな……」

そんな屁理屈は大学では通用しない。レポートだろうが論文だろうが、俺の名前で出せば俺の単位だ。

「もういっそのこと退学しろよ」

「いや……えっと……そういうわけには……僕だって……いつかは……」

「いつかは今だって映画でも言ってただろ」

「それは映画の台詞じゃないよ……」

そう言って、嗄井戸はソファーに寝転び、今日も今日とて映画の視聴に勤しんでいた。この男の部屋には個人が楽しむには豪華すぎるホームシアターの設備が整っており、映画を観ることだけに特化しているのだ。

一応、こいつが引きこもっているのにも理由があって、それ自体は俺も納得のいく話ではある。かつて嗄井戸はとても酷い目に遭い、現実と映画の優先順位を入れ替えなければ生きていけないような精神状態に陥っていた。一応、そのことには決着がついたはずなのだけれど、それで「はい切り替えられました」と言えるほど人間が簡単じゃないことも分かっている。俺は結構それで済むタイプなんだけど。

乗り越えようと思っているのに乗り越えられない、外に出たいと思っているのに出られない、そういうのはあんまり嬉しくない事態だと思う。出たいなら出してやりたい、けど、出なくても幸せなら別に焦る必要はない——と考えているうちに、時間は進んでいく。月並みだけど、どんな映画にもエンドロールがあるわけだ。

嗄井戸ってずっとここにいるんかな。英知大学の休学の上限って急に短くなったりしないんかな。いつかこいつが普通に外に出られる日って来るのかな。

そんなことを考えていたある日、急に転機が訪れた。

なんと、あの嗄井戸から外出の申し入れがあったのだ。


「スタンリー・キューブリックって知ってる？」

「あれだろ、映画監督」

「君は僕から聞き覚えのない人名が出たら、全部映画監督って答えればいいと思ってるよね」

折角張ったメタ戦術を見破られて気まずくなっていると、嗄井戸がノートパソコンの画面をずいっと見せてきた。そこには、わざとレトロを強調したような褪せた色合いのサイトが映っていた。文字が逆になっているので見づらいが、どうやら『名画座　グラン・カフェ』という名の映画館のサイトらしい。

「これはね、新しくリニューアルした映画館のサイトなんだよ。古き良き映画を取り戻す、というのがコンセプトで——いや、僕は昔の映画も今の映画もどちらも好きだから、そこまで懐古主義というわけじゃないんだけど——見てほしいのはここだよ」

嗄井戸がバンバンとモニターを叩きながら言う。金持ちは金銭感覚が壊れて液晶をバンバン叩くようになってしまうのかもしれない。俺は目を細めながら見づらい画面に集中する。

「……フィルム上映？」

「そうそう。デジタル上映じゃなくて、フィルム上映なの。この映画館って、珍しく35ミリフィルムの上映機器があるんだよ。それで、35ミリフィルムでの『2001年宇宙の旅』の上映があるんだよねえ……」

残念ながら、俺には嗄井戸の言っている言葉の意味があんまり分からない。フィルム……っていうのは、多分あの端と端に穴の開いたあのフィルムだろう。35ミリっていうのはフィルムの種類だろうか。

「勿論、デジタルにも良いところがあるんだけど、当時の質感を大いに残したフィルムっていいものだよね……。僕の部屋の設備だってかなり良いものだけれど、フィルムでの上映は行えないから。懐古主義やレトロなどを押し出している映画館が、こうしてフィルムでの上映を請け負ってくれるっていうのは素晴らしいよ。それに、上映するのが『2001年宇宙の旅』っていうのがいい！　この映画はフィルムにこだわっていて、今の時代に逆行するかのように70ミリフィルムに焼き直したものまで作製されたんだよ！　キューブリックにとってフィルムへの愛着っていうのはそれほどのものなんだ」

「えーと、つまり古いフィルムを古い機械でわざわざ上映するからロマンがあるってことか？」

「……うーん、まあ、端的に言ったらそうだよ」

釈然としなさそうな顔で嗄井戸高久が言う。でも、ここじゃなくて映画館でしか観られない映画、というものにロマンを感じるマニアの感情は分からなくもない。

「で？　その映画どういう映画？　二〇〇一年に作られたの？」

「一九六五年に製作が発表されて、一九六八年に公開された映画だね」

「古すぎるだろ！」

「人々が最も宇宙に夢を見ていた時代の映画だね。当時、人類の宇宙への夢を託されたパロマー天文台のヘール望遠鏡の製造費用が一〇五〇万ドルという規格外のものだったんだけど、なんとキューブリックの製作したこの映画にかかった費用も同じ一〇五〇万ドルだったんだ。口径二百インチの巨大望遠鏡と、映画一本の製作費が釣り合っていたんだ。でも、人類が載せていた夢は同じくらいだもんね」

嗄井戸が目を輝かせる。俺としては正直、宇宙の映画を作るよりは望遠鏡に金をかけた方が人類的に正解だという気がするんだが、それを言うと怒られそうなので黙っておく。

「奈緒崎くんは映画一本にそれだけのお金をかけるだなんて馬鹿げていると思うかもしれないけれど、この映画は歴史を変えてしまうほどの大きな一歩になったんだ。ＳＦ映画というものが隆盛を極めたのは、まずキューブリックがこの偉大な一歩を踏み出したからだと思う。僕も凄くお気に入りで、何度も観ているよ。資料も脚本も、当時の評論集も読み込んでる」

「……はあ、なるほど」

「それでも、僕はフィルムで上映された『２００１年宇宙の旅』を観たことはないんだ」

嗄井戸が大きな目を細め、何も映っていないスクリーンを見つめる。

「時々思うんだよ。僕は観たいと思っているものをどれだけ観ないまま死んでいくんだろうって」

今度は、グラン・カフェのサイトを見ながらそう呟く。

「でも仕方ないと思ってたんだ。だって、僕はそういう機会に恵まれないから。外には出られないからって。ここで我慢するしかないんだろうって。でも、今は違う」

そう、今は違う。と、俺も心の中で思う。嗄井戸がどれだけ諦めていたとしても、今は違う。こいつは外にだって出られるし、好きな映画が観られるのだ。

「だから、どうしても映画館で『２００１年宇宙の旅』を観たいんだ。奈緒崎くん、本当にささやかなお願いなんだけれど、上映についていきてくれない？」

これだけのことを頼むのに、嗄井戸はまるで崖から身を投げるような、意を決した表情だった。今まで頼んできた中でも、トップクラスの切実さである。それなら、俺だって無下に断ることはしない。俺は笑顔で尋ねる。

「別にいいけど、その映画って眠くならないやつ？」

「眠くならないやつ。エンターテインメント性も高いし、上映直後からありとあらゆるメディアで大盛り上がりだった傑作だし、……カーチェイスもある」

「マジで？　じゃあ行くかあ」

こうして俺は、初めてスタンリー・キューブリックの『２００１年宇宙の旅』を観ることにしたのだった。

「とにかく『２００１年宇宙の旅』の素晴らしいところといえば映像だね。まだ今ほど宇宙が身近ではなかった時代に、一体どうやって観客に宇宙を観せるかというのは、大きな課題だったんだよ。現に、それまでのＳＦ映画は子供騙しのものだと思われていたんだ。そこに圧倒的な映像の説得力で切り込んできたのがこの映画なんだよ」

「一九六〇年代だもんな……そりゃそうか……」

「どこを切り取っても絵になる映画なんだけど、僕が特に気に入っているのは、重力を感じさせない客室乗務員のシーンかな。彼女がゆっくりと天井に向かって歩くシーンが何度観てもワクワクするんだ。このシーンの為に専用のセットが組まれたりもしたんだよ」

「へー、ていうか本当にどんな映画なんだよ、それ。本当にアクション要素あるのか？」

「ここまで来たんだから絶対に観たい……今日『２００１年宇宙の旅』を観られたら死んでもいい……」

「死んでよくはないだろ」

早口で映画の蘊蓄を語っていたはずの嗄井戸は、目当ての映画館が近づいてくるにつれびっくりするほど元気が無くなっていった。まるで、病院に連れて行かれる犬みたいだった。いや、お前さっきまで元気にキューブリックの話してたじゃん、半分以上頭に入ってこなかったけど。

件の『名画座　グラン・カフェ』は映画館というよりは小洒落たレストランみたいな風情の、赤煉瓦の建物だった。いよいよ元気の無くなった嗄井戸が「元は煉瓦造りじゃなかったんだけど、半分に切った煉瓦を壁に貼り付けることで煉瓦造りに見せているそうだよ。これは映画のセットでもよく使われていて」と補足してきた。

中も相応にレトロな印象だった。今時、全面が赤絨毯になっている映画館なんてなかなか無いだろう。おまけに天井からは年代物のシャンデリアが吊り下がっている。ここまでくるとやり過ぎにすら映るくらいレトロだ。

平日の昼間だからか（働いていない男二人の特権だ）人はまばらだ。数えられるほどしかいないし、それもカップルらしき男女か小さな子供連れの母親、それにいかにも映画好きそうな老人くらいである。

　それでも、嗄井戸にとってはかなりのストレスになるようだ。折角の映画館だというのに、顔色は悪いしずっと俯いている。これでは俺の踵くらいしか見えないだろう。ただ無理もない。数少ない客はちらちらと嗄井戸に視線を向けている。それは特徴的な白い髪のせいでもあるし、こいつが信じられないくらい顔の良い人間であるからというのもある。

　どっちにしろ、人の視線っていうのは真っ向から受けるとよろしくないものだと思う。スクリーン越しで、映画の中で、それはようやく受け止めきれるものなんじゃないかと思う。

　映画の時間まではまだ結構あった。俺は一気に八十歳になってしまったかのような嗄井戸を近くの丸椅子に座らせる。それだけで、嗄井戸は少し落ち着いたようだった。

「それにしても妙な名前だよな。売店はあるけど、どう見てもカフェじゃないだろ」

「『グラン・カフェ』は世界で初めて映画が公開された場所の名前なんだ。最初は当然映画館なんてものはないわけだから、カフェで上映会を行ったわけだね」

「はーなるほどな」

「そこから、ステージのある酒場——ボードビル劇場での上映が始まり、芝居小屋の延長で上映を行うニッケルオデオンが生まれ、僕達のイメージするような映画館が出来上がっていったんだよ」

　さっきまでの緊張がどこへ行ったのか、急に立ち上がり嗄井戸はぺらぺらと喋り始める。多分、気を逸らすものがあった方がいいんだろう。歯医者での治療の時、子供にぬいぐるみを持たせるのと同じだ。案の定、喋り終えた嗄井戸はまた俯き加減で歩くようになった。これじゃあ大学に行くなんて本気で無理そうである。

「平日だから全然人いないな」

「奈緒崎くんみたいな自堕落な学生はそう多くないんだよ。……まあ正直、映画館で映画を観ることと自体が廃れてきている気もするけれど」

それは俺も思う。俺自身、わざわざ映画館に行くことはない。家でも配信だのなんだので気軽に映画が観られる時代だから、こうして嗄井戸に頼まれなかったら多分向こう一年行かなかっただろう。そもそも、俺は自分一人じゃ映画自体もあまり観ないほうだ。

「元々『２００１年宇宙の旅』が作られた一九六〇年代は、映画館の観客動員数が著しく減った時期でもあった。だからこそ、映画館で観ることに意義がある映画を作ろうと志向する動きがあったんだよ」

「じゃあ、今フィルム上映でリバイバルするのは間違ってないのか」

「時代は巡る、ということかもしれない。映画が不遇の時代もあれば、隆盛を極めた時代もあったわけだし。配信の部分を考えてみれば、今は映画にとっての黄金時代ではあるのかもしれないしね」

「でもまあ、映画館に人が入るに越したことはないよな」

だからこそ、どんどん客を入れていこうって気概を感じるグラン・カフェには好感が持てる。なんだかんだ洒落ていてデートに使いやすいとか、写真が映えるとかは集客には大事だろう。

ふと、ホールの中央に見慣れないものがあることに気がついた。大きなカップケーキを半分に切ったような、半円状のものだ。上には覗き込む為のレンズらしきものが付いている。しかも、一つじゃない。四つあった。

「嗄井戸、あれ何か分かるか？」

「あそこまで大きいものは見たことはないし、形状も独特だけれど……多分……フェナキストスコープだろうね」

嗄井戸が知識をひけらかす時の顔で言う。俺が黙っていると、嗄井戸はそのなんとかスコープの説明を始めた。

「フェナキストスコープは円盤に描かれた絵を回転させて動いているように見せる機械だよ。踏み台が置いてあるところにレンズがあるだろう？　あそこから覗き込んで、中を観るんだ」

「前にお前が言ってたキネトスコープみたいなやつか」

「それよりももう少し原始的ではあるけどね。そもそもフェナキストスコープは――」

「観てくる」

嗄井戸が何か言うより先に、俺は仰々しい機械に向かって駆け出していく。こういう時は蘊蓄を語られるより観た方が早い。

覗き込んでみると、数秒の暗闇の後で映像の再生が始まった。ハの字型のコマの間で、熊が玉乗りをしている。熊はバランスを取りつつ玉に乗り続けるが、最後には転んで落ちてしまう。そしてまた暗闇に戻ったので、これで一区切りというわけだろう。

「うわー、面白いなこれ。熊の絵が描いてある円盤がめちゃくちゃなスピードでぐるぐる回ってるだけなんだろ？　動いて見えるなんてすごいよな」

「うん……まあそうだね」

「あの円盤の熊はぐるぐる回されながらずっと玉乗りに失敗し続けるって考えたら無間地獄みたい

ですごいよな。最初に三秒くらい暗闇の場面があるのもそれっぽい」

「奈緒崎くんって普段からそういうことばっかり考えてるわけ……？」

「こうやって面白いもので気を引いて映画館に連れて来ようとするのって巧みだよな！」

「ここまではしゃぐ人は奈緒崎くんくらいかもしれないけれど……」

そうしている内に、上映時間の十五分前になった。俺はまたしても虚無な地蔵みたいになっている嗄井戸を引っ張りチケットのもぎり場所に向かう。そこもなんだかサーカスのような意匠になっていて、見ていて楽しい。

もぎり場所に立っているのは、五十代半ばくらいのおじさんだった。今や懐かしいハンチング帽を被り、長い髪を一括り（ひとくく）にしている。名札には『久部（くべ）』とあった。ちょっと嗄井戸に雰囲気が似ているのは、映画好き同士で共鳴しているからだろうか。俺はなるべく笑顔を作って、久部さんに言う。

「すいませーん。『２００１年宇宙の旅』二人なんですけど」

「え？」

久部さんは大きく目を見開き、やや大袈裟（おおげさ）な声で驚いた。俺の背後に隠れていた嗄井戸がヒュッと死にそうな声を上げる。まずい、ずっと人と関わってない人間は、こういう突発的なトラブルに弱いはずだ。

「あ～そう……『２００１年宇宙の旅』か。はいはいはい、そう……なるほどね……」

久部さんはチケットを矯（た）めつ眇（すが）めつ眺め、長い溜息を吐く。え、チケットってそんなに確かめられることとあるっけ？　と焦るくらい長い確認と沈黙だ。それ、さっき売り場で買ったばかりだっていうのに。嗄井戸はいよいよ震え始め、念願のキューブリックを観る前に死にそうだった。

「『2001年宇宙の旅』なんだけどねえ……ちょっと、上映中止になるかもしれなくってぇ……」

「え⁉　なんでですか⁉」

「色々あるんだよねえ……色々……古いわけだしね。僕が映写を担当しているんだけど……。返金なら売り場で出来るから、そこは大丈夫だからね」

あんまり説明になっていないことを言いながら、久部さんがチケットを返そうとしてくる。

自分一人だったら全然引き下がっていただろう。理由はよく分からないけれど、そういうこともあるはずだ。だが、今回は事情が違う。嗄井戸は今日を逃したら次なんかないかもしれない。意気消沈してまた引きこもり続けるかもしれない。それは絶対によくないことだ。

「ど、どうにかなりませんかね？　俺達これ観にきたんですよ！　今日こいつとかめっちゃくちゃへこんでて！　こういう映画観てスカッとしたいんですわ！」

こういう時は勢いで押すに限る。俺はいつもそうやって人生をこなしてきたのだ。嗄井戸が抗議の意で服を引っ張ってくるが、無視だ。こういう突破力が無いと、人生どうにもならない場面もある。

「……もしかして『2001年宇宙の旅』初めて？」

「あーそうなんです。むしろ、人生初キューブリックでもあります！　お前もそうだよな！」

無理矢理同意を促すと、嗄井戸は弱々しく頷いた。こういう時に、人見知りは役に立つみたいだ。

「……それじゃあ、その為にここに来たんだもんなあ……可哀想ではあるな……」

久部さんがチケットを見ながらぶつぶつと呟く。

ややあって、彼の指がチケットをもぎった。

「変なことを言って申し訳なかったね。今日、頑張ることにするよ。楽しんでくれ」

「ありがとうございます！」

よく分からないが押し通せたようだった。やはり、観たいという熱意に勝るものはないのだろう。

嗄井戸もお辞儀をし、チケットに書いてある一番スクリーンに向かう。

中はとても小さな部屋だった。席数は多分五十席くらいしかないだろう。俺が慣れ親しんでいる箱の半分くらいの大きさである。真ん中の席を取ったのだが、それでもスクリーンがとても近い。

上映まで残り五分となっても、他の客は現れなかった。スクリーンを丸々一つ貸し切っているような、随分贅沢な状態である。

「これは確かにあのおじさんが渋ってた理由も分かるわな……俺達の為だけに上映するのは流石にダルいだろ」

「そうかな……。観客の数が多くても少なくても、上映する手間自体は変わらないでしょ？」

「フィルム上映だからフィルムをセットしなくちゃならないだろ。それはダルい気もする」

「手作業の弊害か……それは無くもないけれど」

けれど、久部さんはそれを押してでも俺達に『2001年宇宙の旅』を観せようとしてくれたわけだ。なんて観客想いなんだろうか。

「上映してもらえてラッキーだったな。俺が咄嗟に勘違いさせたのも効いたんだろ。リピーターよりも、初めての人間に名作は観せたいもんな」

「……初めてなのは嘘じゃないよ。フィルム上映版の『2001年宇宙の旅』なんか観たことがないしね」

一休さんのとんちみたいなことを言って、嗄井戸が深く座席に腰掛ける。

「……けれど、引っかかるな……初めて観る人間に楽しんでほしい、という気持ちはよく分かる」

嗄井戸が訳知り顔で頷く。その喜びを糧(かて)に、俺に映画を一から布教したのだ。気持ちは分かるかもしれない。

そうしている内に、場内が暗くなった。いよいよ上映だ。嗄井戸も画面にすっかり集中している。そして思った。こいつはホームシアターよりも映画館が似合う。


さて、肝心の『2001年宇宙の旅』である。

最初は普通に観ていた。人類の祖先である猿のところに、謎の黒い板が飛来するところは……まあ正直よく分からなかったが、猿達を凶暴化させたその黒い板を宇宙飛行士が調査しに行く、という話で大体の筋が分かった。

しかし、その冒険の前段階がやたら長いのだ。台詞も殆ど無いし、どういう意味があるシーンなのか分からない。謎のシーンが多すぎて、嗄井戸がお気に入りだと言っていたあれやこれやがどこで出てくるのかも分からない。音楽は鳴っているが、ここまで静かな映画は初めてだった。

この音楽を、俺はどこかで聴いたことがあった。確か、大学の講義で聴いた——恐らくドイツ語圏のクラシックだろう。映画といえばそれ専用の音楽が使われているイメージだが、そうじゃないのが珍しい。その荘厳な音楽が、独創的な映像とよく合っている。どこのシーンを切り取っても恰好良い映画というのはなかなか無いかもしれない。これをスクリーンで、しかもフィルムで観たいと言った嗄井戸の感覚がなんとなく分かるような気がした。

とはいえ、ストーリーは未だに難解だ。黒い板の調査に出かけたところまでは理解出来る。宇宙船の中でHAL(ハル)という物凄く有能な人工知能と話し、探査は続く。……俺が追えたストーリーはそんな感じだ。合間に静かなシーンが挟まると、映画初心者の俺はよく分からなくなる。せめて嗄井戸の言っていた客室乗務員のシーンくらいは見逃すまいとしたのだが、これがまた全然出てこない。まさか、クライマックスの話なんだろうか。いよいよどんな映画か分からなくなる。

ようやく話が動いたな、と思ったのは人間味があって良い人工知能だな、と思っていたHALがおかしな挙動を始めた時だ。ここから人工知能vs.人間の激しいバトルが始まるのかも、と思った瞬間、画面が急に『INTERMISSION』の文字を映して動かなくなった。場内の照明が明るくなり、俺は慌てて椅子から身体を起こす。

「え、なんだこれ」

「フィルム上映だからね。交換の時間があるんだ」

そう言って、嗄井戸が後ろを振り返る。そこには小窓があって、微妙に久部さんの姿が見えていた。久部さんは映写機をごそごそと弄(いじ)っている。

「前半のフィルムから後半のフィルムへ。『2001年宇宙の旅』のような長い映画は、フィルム自体の大きさも凄いからね。ああして分けるんだ。映画の方もそれを見越して、交換の時間を設けているんだよ。それがインターミッションだ」

「手作業で映画を上映してた時の名残か……」

「同じようにインターミッションのある映画には『アラビアのロレンス』とか『サウンド・オブ・

ミュージック』があるね」

俺でも名前は知っている映画だ。その当時の大作はみんな上映にそういう手間をかけなければいけなかったんだろう。久部さんは重そうなフィルムを取り外し、別のフィルムをセットしようとしている。結構大がかりな作業なのか、いかにも辛そうだ。ちょっと手際が悪く見えるのは、そもそもフィルム上映自体が珍しいからだろう。

「これもまた醍醐味ではあるね」

「そうかもな……。ていうか、じゃあこの映画ってめちゃくちゃ長いのか？」

「そんなこともないよ。……一四二分しかないし……休憩後は一時間くらいの上映時間だし……」

「嘘だろめちゃくちゃ長く感じるぞこの映画！　というか、この映画絶対カーチェイス無いだろ！」

「それに気づける奈緒崎くんは、映画をちゃんと観ているね」

騙された。これは多分、俺の想像しているような展開にはならない。ここからＨＡＬと大立ち回りを演じるようなことにはならない。騙された！　俺はそれなりに動きのある映画しか観たくないのに！

「まあまあ、おしまいまで楽しんでよ。動きは少ないかもしれないけど、良い映画だろう？　僕、ここ数年で一番幸せな気持ちなんだ。本当に来て良かったよ。ただ……」

楽しそうだった嗄井戸が急に浮かない顔になる。どうしたんだよ、と尋ねるより先に、場内が再び暗くなった。

「意外とかかったな。三分近くかかったか？」

「想定内ではあるよ。確かに手間取ってはいたけれど」

そして、映画が再開された。戸惑いはしたが、結構面白い仕組みだ。難解な映画の良いリフレッシュになった気がする。さあ、後半だ。この宇宙の旅は一体どこに辿り着くんだろう。


「……最後のあれ、どういうことだ？」

観終わった後の最初の一声はこれだ。明るくなった場内で、嗄井戸がまっすぐに俺を見つめ返す。

「どういうことも何も、奈緒崎くんが感じた通りのことが正解だよ」

「出た！　映画好きが結構な頻度で言うやつ！」

「そもそも『2001年宇宙の旅』は、公開当時から凄まじい反響の嵐だったんだ。絶賛も拒絶も一身に受けてきた凄まじい作品だよ。解釈を問う声だって沢山あった。それなのに、スタンリー・キューブリックはこの作品のインタビューには、わずか二回しか応じていない。おまけに、そのインタビューで掲載許可が出たのは四語のみ。殆ど黒塗りのインタビューなんだっていうから徹底してるよね」

ということはつまり、観た人間が判断しろ、を貫き通しているわけだ。その姿勢は恰好良いが、なんだか監督と一騎打ちをさせられたような気分になった。映像が凄かった、としか今の俺には言いようがない。というか、あんなに頑張って見逃すまいとしていた客室乗務員のシーンは結局どこか分からなかった。あまりに一瞬過ぎるだろ。

「これの正体が知りたくて、みんな何度も映画館に足を運んだわけだね」

「この映画何回も観るのかよ！」

「奈緒崎くんも三回観たら四回目が観たくなるよ。……けど……」

嗄井戸が押し黙り、映写室の方を振り返る。小窓からはもう久部さんの姿が見えない。

「どうかしたのか？　ていうか、後半が始まる前に、なんかお前言いかけなかったっけ」

「それのことなんだけど……いいや、とりあえず出よう」

嗄井戸が妙に不安げな顔をして言う。

そうして、俺達がスクリーンを出るのと、警察がグラン・カフェに入ってくるのはほぼ同時だった。

「別にねえ、一般人を拘束して不利益をもたらそうって気はないわけよ。でも、知人のよしみっていうのもあるし、よりによって『2001年宇宙の旅』を観てた二人だっていうし。おたくら、探偵ごっこ好きなんだもんね。お話聞かせてもらえる？」

そう言って、馴染みの刑事はにやっと嫌な笑みを浮かべてみせた。

矢端八束警部補は、ちょっとした因縁のある刑事だ。あんまり優秀な人ってわけでもなくて、俺はこの人に濡れ衣を着せられそうになったこともある。この嫌みたらしい言い方はその所為だ。

嗄井戸は圧のある外部の人間にすっかり怯えて使い物にならず、俺は俺で現職の刑事に楯突く気にもなれず、しめて四時間以上グラン・カフェに拘束される羽目になった。横暴だが、捜査の一環だからと言われたらどうしようもない。

「いやあ、お待たせ。ちょっとかかっちゃったよ。いや、困るね。手際が悪いもんで」

すっかり弱った嗄井戸が「映画が二本は観られた」と言うと、恐ろしいことに矢端刑事は舌打ちをした。

「一体何があったのかくらいは教えてくださいよ」

「単純な話で、殺しがあったんだよ。殺されたのは陸田一輝という男で、この映画館のオーナーの息子。しばらく放蕩生活を続けていたらしいが、半年前にここに就職。半分館長のような仕事をしていたようだ。尤も、経営方針を決めていたのも映画好きなのも父親の方で、彼自身はあまり詳しくなかったらしい」

矢継ぎ早に繰り出される情報に面食らいつつ、一応尋ねる。

「もしかして勤務態度が悪かったとか、映画を馬鹿にする態度を見せてる嫌な奴だったとか？」

「や、むしろ従業員からは慕われていたし……少し粗忽なところはあるけどね、自分の非を認め謝れるような人間だったみたいだ」

「フラフラしてる人間の方が人間的に成長するってこともあるのかね」

「俺はそういった話を一切信じていないけどね。真面目に生きてた人間の方が信用出来るでしょ」

矢端刑事がぴしゃりと言う。

となると、恨みの線は無いのだろうか。ボンボンを狙った金目当ての犯行？　もしくは、もっと別の動機か。グラン・カフェ自体に恨みがあったのだとしたら、オーナーの息子を殺す……というのも分からなくはない。

「どんな殺され方を？」

「まあ普通だね。ナイフでブスッと。そのナイフも見つからないんだから嫌になっちゃうよね。身体検査でも見つかんなかったし。……あ、おたくら二人も一応後で調べるからね」

「それはいいですけど……。凶器が見つからないなら、犯人はもう逃げてるのかも」

「けどね。陸田のオフィスは従業員じゃないとなかなか立ち入らないところにあるから——あ、なんなら見に来る？」

そう言って矢端刑事に連れられていったのは、通用口から入れる長いタイル張りの廊下だった。ここは特に赤絨毯が敷かれているということもなく、古びた建物の地が見えていた。

「陸田のオフィスはこの廊下をずっとまっすぐいった突き当たり。意外とここ長くてさあ。直線だけど一、二分はかかるかな」

矢端刑事の言う通り、廊下は長くて端が見えない。おまけに半ばには半円状の何かがせり出していて、物凄く窮屈なことになっていた。

「あの出っ張ってるのってなんですか」

「えー、あれは映画館に飾ってあるなんとかスコープの裏だよ」

「フェナキストスコープ。そうか、ここで開いてメンテナンスが出来るようにしていたんだ」

「うわっ、何その子……普通に喋るんだ」

急に喋り出した嗄井戸に、矢端刑事は面白いほどびっくりしていた。その様子に驚いたのか、嗄井戸がまた押し黙ってしまう。

「あのスコープの部分も邪魔で、通用口からオフィスまでは更に遠いわけ」

「それはそうですね」

「で、ここからが本題。陸田のオフィスには監視カメラが付いているんだよ。元々、備品室だったところを改造した名残か何かで」

「へえ、じゃあ何も問題無いですね。犯人が分かる」

「角度に問題があるんだ。監視カメラは陸田側を向いていてね。陸田が二時四十七分に何者かの入室を確認、歩み寄っていって刺されたことくらいしか分からない」

監視カメラっていうのもあんまり万能じゃないらしい。ＨＡＬのような有能人工知能搭載ってわけでもないから対策されるのも仕方が無いだろう。

「……あれ、対策されるってことは……」

「そういうこと。監視カメラがあることを知っていて映らないようにしていること、陸田が全く警戒していないことから、顔見知りかつグラン・カフェに詳しい人間の犯行だって話。状況的に見れば久部の犯行だと思ったんだよ。警察的にはね」

そこでようやく、矢端刑事が俺達を嫌がらせで拘束しているわけじゃないということに気がついた。

「あー……でも、その時間丁度、久部さんはフィルム替えてたってことか」

矢端刑事が何で『２００１年宇宙の旅』の話をしてきたのかが分かった。インターミッションでのフィルム交換が行われたのを目撃したせいで、久部さんにアリバイが出来てしまったから悩んでいるのだ。

だが、実際に俺はフィルム交換をしている久部さんを目撃しているし、映画はインターミッションを挟んで滞りなく上映されていた。

「久部はその一点張りよ。なまじ、駆けつけてきたオーナーが久部を庇(かば)ってね……優秀な映写技師だかなんだか知らないけど、息子殺されてんのに庇っちゃうかねえ……『２００１年宇宙の旅』のインターミッションは丁度被るって言うんだもんねえ……」

「久部さんは結局、凶器を持ってなかったんでしょう？」

「傷口が小さかったから、小さいナイフだろうし……映写室を頑張って探せば、どこかにあるのかもしれないね」

「捨てたのかもしれないじゃないですか」

「ここは民間の産廃業者に依頼してるから、結構追跡が簡単だったんだよ。今日出たゴミは酸化しちゃってどうにもならないフィルム一巻だったたってさ」

「そうか……」

となると、久部さんは犯人じゃない、んだろうか。今となっては、やたら手際が悪く——遅くフィルムを交換していた久部さんが怪しく思えてくる。

「これは……大分困りますね」

「これから陸田の交友関係を洗ってみたりはするけど……どうしても久部が臭いんだよなあ……おたく、なんか思いつかない？」

正直、俺は何にも思いついていない。矢端刑事は勘違いしているだろうが、頭脳担当はあくまで嗄井戸なのだ。俺は頑張って話を聞き出してやったけれどそれ以上でもそれ以下でもない。困った事件だな、という感想を抱くだけだ。

でも、ここには嗄井戸がいる。犯人にとっては運の尽きだ。嗄井戸の推理力は群を抜いているし、今までいくつもの事件を解決してきたのだ。今だって、もう事件の真相を見抜いているに違いない。

「なあ、お前もしかして犯人分かってるんじゃないか？　あれなら話すのは俺やるからさ、ちゃっちゃと解いてやれよ」

俺は背後の嗄井戸にそう囁いてやる。家の中で推理をするのは嗄井戸で、それを誰かの前で披露するのは俺。今までそういう分担でやってきたのだから、嗄井戸が外にいる場合でも同じことが出来るはずだ。

だが、嗄井戸は浮かない顔をしていた。そして、ゆっくりと首を振る。

「分からないから帰る。あとは警察に任せようよ」

「は？　え？」

「刑事さんに言って帰らせてもらおうよ。僕らは容疑者じゃないんだろう？」

「え、いや、マジか？」

俺が戸惑ったように言っても、嗄井戸は全く態度を変えない。まさか、本当に分からないのか？

「何か言いたいことあるの？」

矢端刑事にそう問われたものの、俺は首を横に振るしかなかった。「何かあったら教えてもらえますか？」と言って、逃げるようにグラン・カフェを出る。


自分の家に帰ってきた嗄井戸は一目散に再生機器に駆け寄ると、件の『２００１年宇宙の旅』を再生し始めた。確かにグラン・カフェには劣るものの、こちらだってなかなかの大きさのスクリーンだ。嗄井戸がソファーに収まったので、俺も戸惑いつつ隣に座る。

映画館のスクリーンと比べても嗄井戸の家のスクリーンは、迫力の面ではそんなに劣っているようには見えない。さっき観たのと同じ猿のシーンが始まるし、同じような感想を抱く。そんな俺の様子に気がついたのか、嗄井戸はわざとらしく明るい声で言った。

「後味の悪い結果に終わったけれど、フィルム上映の素晴らしさの片鱗くらいは味わえたかな。観終えてすぐにもう一度観たくなるのは、この映画の特徴だね」

「俺は全然観たくならないけど」

「公開当時、観客達は口々に何回でも観たいと言ったそうだよ。それは映画が素晴らしかったからでもあったし、映画が理解出来ないものでもあったからだ」

「俺も正直分かってないとこが多いんだけど、なあ、あの最後の――」

「ほーら奈緒崎くん。モノリスだよ」

「さっき観た……」

まさか、このまま二時間半近くある難解な映画を再度観させられるのだろうか。外に出るなり殺人事件に直面した嗄井戸の心の傷はそれほどまでに深く、映画を観ることでしか癒やせないのか。というか、俺も衝撃だった。まさか、嗄井戸でも犯人が分からないなんて。俺はなんとなく期待していた。外に出た嗄井戸が警察の前で快刀乱麻の解決を見せてくれるんじゃないかと……――。

その期待が、余計に嗄井戸の社会復帰を妨げているのだろうか？　けれど、こいつから推理力が無くなったら、顔と映画知識くらいしか良いところが無くなってしまう。それは絶対にまずい。

「お前、もしかしたら引きこもった方が推理力が上がるのか？」

「は？　いきなり何？」

「外はストレスが多いからな……練習の時は軽快に走ってた馬が、本番のレースで力を出せないって結構あるらしいぞ」

「よく分からない文脈で物凄く失礼なことを言われている気がするんだけど」

嗄井戸が不快そうに眉を寄せ、小さく舌打ちをした。そして、溜息を吐きつつ、言葉が続く。

「犯人なら分かってるよ。当然ながら、久部さんだね」

「えっ」

嗄井戸がとんでもない言葉を発したまま、スクリーンに目を向ける。慌てて嗄井戸の肩を摑んで話の続きを促すと、嗄井戸は渋々語り出した。

「陸田さんが殺された時、久部さんは丁度フィルムの交換を行っていた。インターミッションでね……」

「そう、俺も久部さんがなんかゴソゴソやってんのを見た」

「だから、インターミッションの時間をズラしてしまえばいいんだよ。たとえば、本来のインターミッションより七、八分早くフィルム交換を行えたら、アリバイは崩れるわけだ」

「……つまり、早送りするってこと？」

「その通り。フィルム上映っていうのは、文字通り物理的にフィルムを映写しているわけだから、か、か、か、か、か、カットが出来るんだよ」

俺は『ニュー・シネマ・パラダイス』という映画のことを思い出していた。あの作品では、司祭の命令で映画の中のキスシーンだけがカットされていた。ハサミを入れて、物理的にそのシーンを無くしていたのだ。そして、切ったフィルム同士を繋ぎ合わせ、シーンが不自然に切れた映画が上映される。

「でも、切られた部分なんてあったか？　そんなに不自然なところは見当たらなかった気がするけど」

「まず上映開始から五分のところで三回映る夕陽のカットがコマ数三つずつカット。次に六分三十二秒のところで更に六つ分カット。そこから——」

「ちょっと待て、コマ数ってそれこそ一秒以下の話だろ？　分かるわけないだろ！」

「分かるんだよ。だって、ちゃんと観てたから」

嗄井戸が真面目な顔で言う。

普通なら「冗談言うな」で一蹴出来るような話だ。だが、相手はあの嗄井戸高久である。尋常じゃないほどの映画マニアで、現実よりも映画の世界に重きを置いているような人間だ。

こいつがそう言うなら、フィルムのカットはあったのだ。

「そこからも、コマ数単位でのカットが無数にあった。一つ一つは秒数以下の話でも、集まれば数分の余裕が出来る。それに、思い切り秒数が稼げる大きなカットもあったしね。……一旦、その話は置いておくけど……」

嗄井戸が歯切れの悪そうな口調で言い、続けた。

「交換に三分かかったとしても、八分あったら陸田さんのオフィスに行って殺して戻ってくるくらいは余裕を持って出来るんじゃないかな。その間、僕らはまんまと『２００１年宇宙の旅』の後半を観ているわけだ」

そこで、なんとなく合点がいった。俺達を追い返そうとしていたはずの久部さんが一転して俺達を迎え入れた理由も、まさしくこの点にあるのだ。観たことのない映画であれば、どこがカットされているのか分からない。インターミッションのフィルム交換を行っていたことだけを証言してくれる都合の良い存在になってくれる。

「でも、凶器はどうなる？　久部さんがこっそり刃物を隠し持ってたってことなのか？」

「勿論、映写室に持ち込んだりはしていなかったと思うよ。陸田さんのオフィスから映写室に戻ってくる前に隠したんだ」

「一体どこに？」

「ロビーに飾ってあった巨大なフェナキストスコープだよ。久部さんは恐らく、あの内部にナイフを入れたんだ。あのフェナキストスコープには三秒くらい真っ黒な場面があったって言ってただろ。その部分に黒く着色したナイフを置けば、覗き込むお客さんには分からない」

「けど、あれって回り続けてるだろ。ナイフがスコープの中で動きまくるんじゃゃ――」

「絵が動いて見えるほどの回転数だからね。ナ、ナイフはコマ板の部分に押しつけられて動かないよ。それこそ『２００１年宇宙の旅』の遠心装置みたいにね……って、あの客室乗務員のシーンがカットされていたから説明がしづらい！」

嗄井戸は悔しそうに歯噛み（はが）みするが、一度あのスコープを覗いた俺にはとても分かりやすい説明だ。

「警察だって回り続けているフェナキストスコープをわざわざ止めて探したりしないだろう？　だって、そんなことをしなくても中は覗き込めるようになっているんだから」

「なら、ナイフはまだあの機械の中にあるんだろ？　それが証拠になるんじゃないか？」

「まだ警察の目があるだろうからね……。回収されていない可能性は高いかな」

　今すぐにでも警察に連絡をした方が良いんじゃないかと思ったのだが、ここまできたら嗄井戸が何に引っかかっているかの方が気になってきた。俺の訝しげな表情に気がついたのだろう。ややあって嗄井戸が話し始める。

「『2001年宇宙の旅』は台詞が極端に少なく、カットしても分かりづらい。当のキューブリックだってそれを認めていた。カット出来るシーンがあまりに多すぎるとね」

監督自身もそう思っていたのなら、そもそも短くしておけばよかったんじゃないか——とは思わなくもないが、映画作りっていうのはそういう理屈が通らない仕事でもあるのだろう。

「それなのに、どうしてわざわざあの有名な客室乗務員のシーンを丸ごとカットしたんだろう？」

「あ、それ!! やっぱり無かったのかよ！ 目立ちそうなとこなのに見落としたのかと思って焦ったわ」

けれど、流石の俺も嗄井戸が熱弁していたシーンを見落とすはずがないし、シーン自体にもインパクトがありそうな部分だ。そのシーンの為に専用のセットが組まれたというエピソードも、人々の記憶に残りそうである。なのに、犯人——久部さんは、どうしてそこを選んでフィルムを切ったのか？

「それが分からないのに、久部さんを犯人だと名指しして終わりには出来ないよ」

嗄井戸はゆっくりと首を振った。

「僕は探偵じゃないんだよ、奈緒崎くん。ただの映画好きだ。好きな映画を殺人に利用されるのは赦せない。久部さんは裁かれるべきだと思う。けれど、犯人が分かればいいわけじゃない。そして、君と話している内に、ある可能性を思いついた。もしかしたら、全部先入観の問題だったのかもしれない。だから——」

その時、スマホの通知音が鳴った。メッセージが入っている。相手は矢端刑事だ。俺には理解出来なかったので、そのまま黙って嗄井戸に画面を見せる。すると、嗄井戸はようやく納得のいった顔をして、一つ大きく頷いた。

「奈緒崎くん、ここから先は任せてもいいかな。もしかしたら、少し苦しい役回りをさせてしまうのかもしれないけれど」

俺の答えは決まっていた。

「いいから俺に丸投げしろ」

「オーケイ、幕引きは任せたよ」

というわけで、俺は再度グラン・カフェを訪れていた。殺人事件が起こったせいで、ここは現在休業中になっているらしい。警察官の姿も何人か見受けられる。そもそも、現在の時刻は朝の九時である。モーニング上映を目当てにきたんじゃなきゃ、そもそも映画館に近寄らない時間帯だ。

俺はわざとらしくグラン・カフェの周りを歩き、目当ての人物が声を掛けてくるのを待った。

「……どうしたのかな、こんな時間に」

果たして、そこには久部さんが立っていた。ハンチング帽は今日も被っているようだ。

「君は昨日の――『2001年宇宙の旅』を観に来た」

「奈緒崎っていいます。今日はお話があってきました」

「その、ねえ。キューブリックの話だとありがたいんだけどね」

言いながら、グラン・カフェの前に設置されているベンチに腰を掛けた。

「久部さんは、陸田一輝さんを殺したんですか?」

　そう言って、俺は嗄井戸の推理をそのまま話して聞かせた。久部さんは何も言わず、じっと黙って聞いている。一通り聞いてからようやく、久部さんは「まるでハンフリー・ボガートだね。名探偵だ」と呟いた。

「俺はただの代理です。探偵は家で映画観てますよ」

「どうしてそれを昨日の時点で警察に言わなかったのかな。昨日なら、フェナキストスコープの中を検めてナイフが発見出来たかもしれないよ」

「俺の名探偵はかなり偏屈な映画好きでね。全部が分からないと解決したってことに出来ないんですよ。嗄井戸には一つ分からないことがあった。それは、映写技師のあなたがどうして分かりやすい名シーンをカットしたかだった。あの客室乗務員のシーン、映画史に残るくらい有名な場面だったんでしょう？」

「時間を誤魔化す為だけに、そんなところは切り取らない」

　俺の疑問を引き取るように、久部さんが呟く。手の甲が痒いのか、俺と話している間、彼はずっとそこに爪を立てていた。

「……疑問に思うのも当然だ。映画を観ていなくても、そのシーンは知っているかもしれないのに」

「嗄井戸はそこが納得出来なかった。同じ映画好きだから尚更だったんでしょうね。けれど、陸田さんに関するとある事実の判明と、発想の転換で気がついた」

　今から話すことは、二人に全く及ばない映画ビギナーの俺には、終ぞ理解の出来ない話である。だが、これなら全ての理屈が通る。

「答えは簡単です。客室乗務員のシーンは、予め損壊していたんですね。久部さんが切ったわけじゃなかったんだ」

久部さんの手の甲は殆ど真っ赤になっていた。

「逆だったんですね。あまりに大切なフィルムが損壊してしまったから、あなたは理由が必要になった。それを利用して何かを——殺人でも起こさなければ、気が済まなくなったんですか」

ややあって、久部さんが言った。

「ああ、そうだよ。そう、うん……よく分かったね」

やはりそうなのか、と安堵すると共に、底知れない恐ろしさが背を震わせる。久部さん自体は何も変わらない。いきなり化物に変容したわけじゃないのに。

「なんで分かったのかな。陸田くんについて分かったことって——」

「陸田さんの口座から、結構な大金が引き出されていたんです。何に使ったかまでは分かりませんでしたが——……この推測に基づけば、おのずと分かる。『2001年宇宙の旅』の35ミリフィルムを購入する為ですよ」

今や35ミリフィルムは国立映画アーカイブにあるものを除けば、各地の映画館や個人宅に蔵されているものばかりだ。従って、古くて扱いに困るこのフィルムは今や高級品なのである。『2001年宇宙の旅』なんて名作であれば四桁万円はおろか五桁を超える金額がついてもおかしくないくらいに。

「『2001年宇宙の旅』のフィルムを駄目にしたのは陸田さんだったんじゃないですか？　だから彼は、自分の預金でそれを弁償した。グラン・カフェには『2001年宇宙の旅』のフィルムが二つあった」

フィルムを切って上映時間を短縮出来たとしても、フィルムそのものを検められたらバレてしまう。

「だから、そもそもこのアリバイ作りには二つ目のフィルムが必要だったんですよ……。昨日ゴミに出ていた酸化した……いや、酸化させられたフィルムが、切り取られた『２００１年宇宙の旅』の前半なんだ」

「……そうだねえ」

「嘆井戸が言っていました。久部さんが損壊していない後半を処分するはずがないって。グラン・カフェのどこかには『２００１年宇宙の旅』の後半部分だけが見つかるんじゃないですか。そうなると、後半部分のフィルムがダブる」

「まあうん……出来るわけないよね。だって、後半部分には何の瑕疵（かし）も無いんだから……」

久部さんの言葉はまるで独り言のようだった。……話をしていて思ったのだが、久部さんは殆ど反論をしてこない。容疑を逃れようという気概が感じられないのだ。

まるで、話はもう全て終わった、というように。

「陸田くんがフィルムの巻きをやりたいと言い出して、ううん、なんというか、僕が悪かったんだよ。何も知らない相手にやらせるべきじゃないんだけど、手際が悪くて。で、最終的にフィルムに飲み物溢（こぼ）すでしょう。持ち込むなって言ったんだけど。信じられないけど、ヒューマンエラーっていうのは、とんでもないところから起こるもんだからね。でも、陸田くん自身は反省してなかったわけじゃないんだよ。オーナーにも言わず自費で弁償するって言って実際そうして、人間出来てると思うよ」

かと思えば、久部さんは突然ぺらぺらと話し始めた。

「弁償したのに、どうして陸田さんを殺したんですか」

俺は思わずそう尋ねる。きっと、陸田さんは反省したはずだ。自分じゃそこまでの価値を理解出来なくても、周りがどれだけ映画を大事にしているか知っているから。弁償は多分、誠意だろう。それなのに、一体なんで殺されなくちゃならないのか。

「えっと、なんでわざわざそういうこと聞くのかな。さっき言ったじゃないの……。……『2001年宇宙の旅』の35ミリフィルムが、損壊したんだよ……。それに意味が無いなんて……許されるはずがない。人一人を殺す為の計画の一部、だったらまだ……」

そこで、久部さんははた、と喋るのをやめた。長い沈黙が続く。

ずっと考えていたことがある。

久部さんは土壇場で『2001年宇宙の旅』の上映を取りやめようとしていた。殺人計画を練り、準備を進めながらも、悩んでいたのかもしれない。だが、そこに『2001年宇宙の旅』に詳しくなさそうな、証言者にうってつけの俺達が現れてしまった。

その巡り合わせは、ディスカバリー号の船員達を見て『決断』を下したHALを連想させた。

「映画は何千人という人間が関わり、何兆という金が動き、何百年も後に残るものだ。……人間一人の命じゃ、価値が釣り合わなかったな」

それだけ言うと、久部さんはグラン・カフェに来ている警察官達のところへ歩いて行った。

「スタンリー・キューブリックが『２００１年宇宙の旅』という傑作を作り上げるにあたっては多くの問題もあった。破天荒な天才の世界を再現する為に、現場は相当振り回されたようだからね。特に有名なのは、作曲家であるアレックス・ノースの話かな。彼はキューブリックに乞われて映画音楽を担当したはずなんだけれど、結局彼は途中で『残りの曲はいらない』と言い渡されてしまう」

「それで元々あった曲を映画に使ったわけか」

「そう。今となっては珍しくもない手法だったけれど、当時としては革新的だったんだよ」

「でも作曲家は可哀想だよな」

「人間はどこまで傑作の奴隷であるべきなのか、という話だね」

これは、久部さんの事件が終わった後の、俺と嗄井戸の会話である。俺にとっては当たり前に映画より人間の方が大事だ。だが、久部さんのようにそうではないと考える人間も——ごく稀（まれ）にいる。恐らくは、その業界のただ中にこそ。

でも、やっぱり俺は百年以上残る映画よりも、百年そこそこで死ぬ人間の方が大事としか思えないのだ。

ところで、こんな会話を交わしている今も、嗄井戸の家で流れている映画は『２００１年宇宙の旅』だ。どうやら、嗄井戸は本当に二回、それでも分からないようなら三回、四回と観せるつもりらしい。確かに映像は凄いが、難解な映画を何度も観せられるとどうしても眠くなってくる。

「まあ安心してほしいんだけど、この映画を観に来た人の十％は途中で帰る、って揶揄（やゆ）された映画でもあるからね。奈緒崎くんがそういう反応になるのも理解出来るよ」

「お前、カーチェイスの嘘はこの映画への愚弄だろ……」

「素直に言ったところで、奈緒崎くんが観に行ってくれるとは思えなかったから」

「流石にずっと引きこもってた人間が行きたがってるんだから無下にしないだろ」

俺は真剣にそう言ったのだが、嗄井戸は「本当かな……」と訝しげな目を向けてきた。ここはもっと感動すべきところなんじゃないか？

本当は俺にキューブリックを理解させたいというのは建前で、嗄井戸はグラン・カフェでの楽しかった思い出を反芻(はんすう)しているだけなのかもしれない。楽しかった思い出は、多分次への大いなる一歩になるはずだ。

願わくば、次に観る映画はアンカットでありますように。

Cinema Detective
断崖空壁
の
劇場落下
Kaleido
Mystery

将来のことなんてまともに考えたことがなかったが、どんな映画にもエンドロールがあるように、生きている限り遠いと感じていた未来もすぐ傍まで来るようだ。残念ながら俺は、実際にスタッフロールを目にするまで、終わりというものを意識出来ない性分であるらしい。多分、劇場内が明るくなって周りの客達が退場するのを見るまで、俺は終わりが認識出来ない。

担当教授である高畑教授との面談を受けながら、俺はそんなことを考えていた。英知大学文学部ドイツ文学科の高畑教授は常に穏やかで物腰の柔らかい、動物にたとえるなら山羊に似た老齢の教授である。だが、この人と対峙すると、俺はいつもえも言われぬ緊張感を覚えるのだ。

「奈緒崎くん、君は何か将来のビジョンがあるんですか」

「えー……卒論のテーマは一応〆切から二週間遅れて出しましたし、本稿は間に合わせる予定で」

「大学四年生になってようやく出したテーマが『何かしらの映画史』の八文字であることに驚きはしますが」

「本稿までにどうにかなったらいいわけなので……」

高畑教授が大きな溜息を吐く。俺の好感度が下がっていくのをひしひしと感じるが、元より低いことは自覚済みなので考えないでおくことにする。

「別に卒業論文の話をしたかったわけではありませんよ」

「あ、そうなんですか?」

「なんとなく、君は大学を卒業してからの進路をまるで考えていないように見えまして」

まさしくその通りだ。俺は四年近くも大学に通っているにも拘わらず、大学生活で得たものが一つも無い。ドイツ文学科に所属している割にドイツ語は全く喋れないし読めもしない。単位を取得すべく沢山の講義に出ていたはずなのに、覚えている事柄は殆ど無い。

そんなふわふわとした学生生活を送っていたから、当然大学での経験を生かしてやりたいこともなく、将来についても何一つ考えていない。

現映研の水瀬や戸隠が懸命に映画を作っているところや、あの嗄井戸が映画観たさに外に出たのを思うと、正直言って焦りを覚えるところもあるのだが。

みんな何かの総決算をしているのだと思う。一生懸命生きたら自然とそうなるのかもしれない。

「まあ俺留年してるんで、五年生確定ですし……あと二年は」

「考える時間がある、というわけですか。なかなか優雅な考え方で結構。裏方からハリウッドスターに転身した例を引くまでもなく、人の行く先は予想出来ないものですから」

それ誰のことだっけ、と俺は頭の端で考える。嗄井戸が『スター・ウォーズ』を観ていた時にエピソードトークとして話していたやつ。今のところ俺にハリウッドスターへの道は見えないが、そういうこともあるかもしれない。

「……というか俺、そもそもやりたいことがあるわけじゃなくて、だから将来のビジョンとかも」

「やりたいことなんて無くても構わないんですよ。必要なのは日々を生きていく為の糧となるものです。仕事ではない場合もありますが。私が大学にいるのも、それが最も自分に適した食い扶持を得る手段であったが故のこと」

高畑教授があっさりと言う。衝撃的な発言だった気がするが、教授はまるで平然としていた。

「ただ、君は苦労するでしょうね」

「はあ」

「君はそう見えてやり甲斐を求める性質がありますから、きっと苦労するでしょう。割り切って何かをする、なんて出来ないでしょうから。だから、なるべく早めに聞いておくことにしたんです。最後の最後で投げやりになられても困りますからね」

高畑教授は占い師にでもなったかのような口調で告げる。投げやりってどういうことだ？　つまりは人生をってこと？　まさかご冗談を、と言いたいが、現にまともに人生と向き合っていないのは俺なのだ。

「やり甲斐って一体どこにあるんでしょうか」

「そうですね。多分この大学には無いでしょう。あと、卒業論文くらいは嗄井戸くんの力を借りずにやってみてもいいんじゃないでしょうか」

普段の代筆まで看破され、俺の口の中が苦くなる。それから高畑教授は何事も無かったかのように世間話や大学で起きたことについて話し続けていたが、俺の頭の中では宙に浮いた将来がぐるぐると回り続けていた。

叱られた子供のような気分で、住んでいるアパート——銀塩荘に戻り、二階の嗄井戸の部屋に入る。

昼も夜も無いような部屋の中では、今日も変わらず映画が上映されていた。今日の映画は、俺でも馴染み深いアニメーション映画らしかった。スクリーンの中を服を着た白いウサギが跳び回っている。それを目を輝かせて見つめている嗄井戸は、何とも俺を安堵させるものだった。変わらないものがあるというのはいい。

「あ、おかえりー。高畑教授の様子はどうだった?」

「相変わらずだったよ。あの人ってどうなっても変わらないのな」

「英知大学が無くなっても変わらず笑ってそうな気もするよ」

そう言って笑う嗄井戸をソファーの隅に押しやり、俺もウサギの跳ねるスクリーンに向き合う。

「何か有意義な話が出来たかな」

俺は将来についての話を思い出す。将来についての話。卒業してからの人生の話。有意義といえば結構有意義な話だ。俺がまともに答えられてさえすれば。

それなりの危機感を抱きながら帰ってきたというのに、この部屋に来ると危機感はすっぽりと頭から抜けてしまう。それはこの空間がモラトリアムの象徴であるからだろう。昼夜無く映画を観てダラダラと過ごせるのは、時間のある大学生の特権である。俺は嗄井戸と映画を観て過ごすだけの日々に慣れすぎてしまった。

「結局、お前がいるからな~……」

「何かよく分からない責任転嫁をされている気がする……」

この大学生活で得られたものは、それこそ映画の知識くらいのものである。嗄井戸に出会ったばかりの頃——大学二年の頃は、それすら無かった。映画を観る習慣そのものが無く、今よりずっと空っぽな人間だった。それを考えると、まだ成長があったのかもしれない。

ふと気づくと、嗄井戸がソファーの周りに何かを広げているのに気がついた。タッパーに入った砂やら、何かよく分からない木の枝やら、失敗して枯れているドライフラワーやら、海苔の空き瓶に入った砂やら、ペットボトルに入った砂やら——砂が多すぎないか？　これらは一体何なんだろうか。

「なあ、なんでこんなに砂ばっか集めてるんだ？　これも何かの映画グッズ？」

そう言うと、嗄井戸は信じられないものを見るような目でこちらを見た。

「は？　これ君が持ってきたものなんだけど」

「え、マジか」

そう言いながらまじまじと見つめる。……確かに見覚えがあった。タッパーに入った砂は、俺が海に行った時に採取してきたものだし、海苔の空き瓶に入ってる砂はＢＢＱに行った時のやつだ。枝は山に落ちていたのを拾ったんだった気がする。

「部屋から出られない僕の為に、友人達と遊びに行った奈緒崎くんがお土産として持って来てくれたものだよ。甲斐甲斐しくて涙が出ちゃうよね。そんなことをするくらいならご当地の何かとか買ってきてくれたらいいのに、何故か甲子園球児よろしく砂ばっかり集めてきてくれた奈緒崎くんの涙ぐましい友情の結晶だよ。ははは、でも覚えてないかぁ」

嗄井戸は明らかに刺々しい早口で言う。色々と鬱憤が溜まっているところに、俺の無神経な発言がとどめを刺してしまったということだろう。ていうか、そんなこと思ってたくせにきっちりと取っておいた嗄井戸のマメさにも驚く。タッパーに入った大自然の塊は、見たところまだ大量にありそうだ。

「CGが使えない昔の映画監督なんかは、セットの中で使う赤土をわざわざ大量に採取してスタジオに持ち込んだりしていたんだよ。ヒッチコックは大きく場所を移動するシナリオを好み、それを演出する為に小道具を当地のものにすべくこだわったんだけど、なんというかそれみたいだよね。僕はこの部屋で土を撒(ま)いて映画を撮るつもりはないけどさ！」

「なるほどヒッチコックってすごいよな！　ところで、あれって何なんだ？　白いウサギはアニメなのに、おっさんの方は実写だよな。これってアニメ？　実写？」

ヒートアップを察した俺は、スクリーンを指差しながら強引に話題を変えた。スクリーンには、さっきまで跳ね回っていたアニメーション調の白いウサギの他に、厳(いか)めしい表情をした刑事が映っている。この刑事は、どこからどう見ても実写の人間だった。

「これは『ロジャー・ラビット』だよ。アニメーションと実写が融合している映画で、一九八九年のアカデミー視覚効果賞を受賞した、ユニークな画面の映画だ」

案の定、ぶすくれた顔の嗄井戸はそれでも映画の方に気を取られ解説をし始めた。嗄井戸の気を逸らす為にはとにかく映画の話をするに限る。俺は『ロジャー・ラビット』に興味のあるふりをして、話を続けた。

「へー、面白いな。これどうやって作ってるんだ？　この時代CGってあるのかよ？」

「いいや。この時はまだCGは発展していないね。だから、とてもシンプルなやり方で作られた」

「シンプルなやり方？」

「実写で撮った映画フィルムを一枚一枚プリントアウトして、そこに絵を描き入れてアニメーションフィルムを作ったんだよ。だから、究極的に言えばアニメーション映画なのかもしれないね」

俺はまじまじとスクリーンを見る。白いウサギがドタバタと跳ね回り、刑事の前で水を吐く。どう見ても現実の世界に存在しているとしか思えない。

「この水を吐くシーンも、本来の映像では管を使った機械が映っているんだよ。けれど、その機械の上にロジャー・ラビットを描くことで、上塗りしてしまっているんだね」

「へー……よく考えられてるな」

誤魔化しの為の方便だったことを忘れ、俺は素直に感心する。なんとまあ魔法みたいなものを考えつくものだ。写真の一枚一枚に絵を描き込む苦労が、ちょっと俺には想像出来ない。

「映画界にとってアニメーションは魔法なんだ。一八九六年、エジソンはアニメの前身であるイラストの早描き――稲妻スケッチ、をカメラに収めて映画を作り、一躍ヒットさせた。これが真の意味での『最初のアニメーション映画』なのかもしれないね」

嗄井戸はすっかりさっきの怒りを忘れているのか、上機嫌で話し続ける。対処法が分かっていると、コミュニケーションが円滑に進んでとても楽だ。俺は面白い話を聞けてご機嫌だし、良いことしかない。

「そうだ、アニメーションと実写の融合でいうなら、僕はやっぱり『メリー・ポピンズ』が好きだけどね」

嗄井戸が思い出したように言い、俺は「あ、」と間抜けな声を上げる。

「そうだ俺、高畑教授からお前に聞いてほしいことがあるって言われてたんだった」

「へえ、一体何を?」

「『メリー・ポピンズ』についてだよ」

「三日前、この大学で落下事故が起きたのを知っていますか」

高畑教授は何の脈絡も無くそう切り出してきた。俺は曖昧に頷く。

俺はあまり足繁く大学に通っているわけじゃないから、詳しいことは何も知らない。だが、構内に立ち入り禁止を示すバリケードテープが張られているのは見た。

「なんとまあ落下事故の多い大学だなって感想ですが……」

「その通り。英知大学では以前にもOBの落下事故が起きています。大変痛ましい事故で、あれ以来英知大学では、屋上の出入りが厳しく制限されるようになりました」

一度事故を起こした大学は相応の対策を練るようになり、現在は構内で一番高い建物である英知タワーの屋上はおろか、各棟の屋上にも上がれないようになっているらしい。

「それじゃあ、どこから落ちたんですか？　最上階の窓を開けて……とか？」

「そうとしか考えられないのですが……彼女が落下していた位置からして、ありえないんですよ」

そして、高畑教授は窓の外をちらりと見た。高畑教授の部屋は教員棟の最上階——八階に位置しており、窓からは景色がよく見える。

「峠町花実(とうげまちはなみ)さんが落下していたのは、窓のすぐ下ではないんです。むしろ、建物と建物の丁度真ん中。空を飛ばなければ辿り着けないところに」

峠町花実は、俺と同期の四年生だ。学部は新聞学部ジャーナリズム学科で、既に広告業界への内定が決まっている優等生らしい。

とにかく彼女はそのアクティブさで名を馳せており、彼女が掛け持ちしているサークルは演劇同好会、落語愛好会、軽音楽サークル、学生CM制作連合と数多い。まさに理想の大学生活を謳歌している人間といっていいだろう。

その峠町が意識不明の重体であるというのだから、大学内には激震が走ったようだ。

事件が起きたのは日も暮れ、構内にいる学生も少なくなった午後七時頃だったという。構内は十時くらいまで開放されているとはいえ、サークル活動に勤しむ学生か教職用の七限を受けている学生くらいしか残っていない時間だ。

当然警備員の数も少なく、峠町が発見されたのは誰かに呼ばれた救急車が構内に到着してからのようだった。

「……自殺するとは思えない人間が身を投げる、というのも不可解だね。もしかしたら、誰かに突き落とされたのかもしれない」

「だとしても、距離の問題がある」

峠町が倒れていたのは、比較的新しい十四館と十五館の間の道だった。近くにはすぐ外と出入り出来る門があり、遅刻間際の学生を救っている。

「十四館からの距離はざっと十二メートル、十五館からは十五メートル。これじゃあ、たとえ屋上から飛び降りたとしても、相当助走をつけないと落ちられないだろ」

「十四館も十五館も四階までしかないからね。走り幅跳びの選手でもなければ、助走をつけたって無理だよ」

嗄井戸がテーブルの上に指を滑らせる。恐らくは頭の中で距離の計算をしているのだろう。

「他に何かおかしなところはあった？」

「いや……。峠町を発見したのは、遅くまで残っていた手芸サークルの部員二人だったらしいんだけどな……周りにも変わったところは無かったらしい。峠町の近くに落ちてたのは傘くらいで——」

「ああ、なるほど」

そこまで言った時点で、嗄井戸は高畑教授の悪趣味な洒落に気がついたようだった。

「だから『メリー・ポピンズ』なんだね。峠町さんが傘で空を飛んだら、そこに落下することも可能なんだ」

「絶対無いけどな！」

「でも実際にそういうことが起きているわけだ」

嗄井戸がにやりと笑う。人が意識不明になっているのに、こいつはこの不可解な状況を面白いと思っている。俺もそうだ。『探偵』というのはかくも悪趣味なものだとしみじみ思う。

「それにしても傘か……あの日って雨が降っていたんだっけ？」

「いわゆる通り雨——遅めの夕立ってやつだな。明るいのに雷が鳴って、そこからスコールみたいな雨が降るやつ。十分くらい降って、そこからカラッと晴れたみたいだけど」

「嫌な天気だね。……だとしたら、峠町さんが傘を持っていたのも不思議だな。予報で通り雨と出ていたとして、よっぽど帰宅の時間と被らなければ、傘を持っていく理由が無いような」

「晴雨兼用だったのかもな」

「適当な思いつきでそれらしい仮説を立てないで」

否定出来ない、という顔で嗄井戸が唸る。もしかすると一本取ったかもしれず、俺はあっさり嬉しくなった。

「何にせよ、そんなことだけ教えられてもまだ何も分からないな……。別に『メリー・ポピンズ』講義が求められているわけじゃないだろうから」

「じゃあ、俺が色々聞いて回るか。お前なら、もう少しパーツが足りてくれば分かるだろ？」

大学に行くのは好きでもないが、こういう時は話が別だ。大学で起きた事件を解決するのは、出会った当初を思い出して面白い。それに『落下事件』の後始末を引き受けるのは、俺達のやるべきことのように思えた。

いい考えだと思ったのだが、何故か嗄井戸はすぐに首を縦に振らなかった。何か考え込んでいるように、顎に手を当て、じっと黙り込んでいる。白い髪で表情がよく見えない。ややあって、俺が何か言うより先に嗄井戸が言った。

「僕も一緒に行きたい」

『メリー・ポピンズ』は、一九六四年に公開されたミュージカル映画だ。乳母としてバンクス家にやってきたメリー・ポピンズは愉快で聡明で、おまけに魔法まで使えるマジカル・ナニーだった。彼女は手持ちの傘で空を飛び、好きなように移動する。メリー・ポピンズのおかげで、バンクス家には笑顔が溢れるようになる。

「『メリー・ポピンズ』は作るのに二十年以上かかった映画なんだ」

「そんなに大変だったのか？　まあ、アニメと実写を組み合わせるのって大変だもんな」

「大変だったのはそこじゃないんだよ。元々この映画の原作は『メアリー・ポピンズ』という児童文学シリーズなんだ。作者のパメラ・リンドン・トラバースはこのシリーズをとても大切にしていて、映画化に反対したんだ。けれど、ウォルト・ディズニーが二十年懸命な説得を重ねて実現させて――この話を描いた映画があるくらいなんだ」

「二十年も実現しなかったら俺なら諦めるけどな……」

「二十年かけてくれたお陰であの名作が生まれたんだから、僕らは感謝すべきなのかもしれないね」

嗄井戸はそんな言葉で締めくくった。そして、すれ違う大学生を前にまた怯えている。「名画座グラン・カフェ」の時とまるで変わっていない――。

と、見せかけて、嗄井戸は明らかに成長している。ここは近所のコンビニでもなければ映画館でもない。嗄井戸を外に向かわせるモチベーションが何一つ無いところだ。それなのに、嗄井戸は自分からここに来て情報を集めたいと言い出した。これが成長でなくてなんだろうか。たとえ、ジャングルに放たれた人間の如く怯えていたとしても。

「大丈夫か？　お前絶対無理してるだろ」

「無理……はかなりしてるけど、慣れていかないと……」

「そんなに焦る必要あるか？　まだ休学引っ張れるだろ」

「僕がこうしてリハビリを出来るとしたら、君がいる内じゃないといけないからね」

嗄井戸がぽろりとそう溢す。なんだかよく分からない発言だった。俺は講義やらバイトやらが無い時は大抵家にいる。そんなに時間を見計らって会わなくちゃいけないような相手ではないのに。

「それにしても……峠町さんが何故一命を取り留めたか分かったよ。ここの通りは芝生なんだね」

「環境学科が実験でやってるらしい。大分剝げてるとこもあるけど、割と綺麗だよな。アメリカの大学っぽい」

「奈緒崎くんの貧困なイメージはともかくとして、そうだね」

嗄井戸がしゃがみこみ、芝生の合間にゆっくりと目を凝らす。

「この土質だったら、雨が降れば多少は足跡がつきそうなものだけど……」

「救急隊員が駆け寄るまで、目立つ足跡は無かったっぽいんだよな。まさに空中浮遊シチュエーションだわ」

勿論、芝生のせいで見落としたという可能性も無くはない。だが、今回ばかりはそんなパターンじゃないような気もする。第一、峠町に近寄れたからってどうやって落とすんだ？　無理矢理高く投げ上げるとか？

「じゃあ……現場検証はこのくらいで。目撃者に会わせてくれるんでしょう？」

「ああ。丁度知り合いだったんだわ」

それを聞いた嗄井戸の顔が、またも微妙に歪む。身体が小さく震え出した。全く知らない人間の方がマシなのか、それとも俺の知り合いの方がマシなのかを測りかねている顔だ。全く、難儀な奴だなあと思う。

手芸サークル『とこあみ』は、英知大学内で唯一の公認手芸サークルである。部員は少ないが少数精鋭で、コンクールでの受賞経験も多いらしい——と、同期の縫川とまりに熱弁されたのだった。

縫川は空いている講義室を優雅に陣取りながら俺達を待っていた。遠目から見ても目立つ金髪が眩しく、手芸が趣味なのに日に焼けた顔をしている。

「あー奈緒崎くんだ！　久しぶりー。っていうか後ろのイケメンって誰？　かわいい。顔もっと見たい」

「ひっ」

嗄井戸を捕捉した縫川がぐいぐいと距離を詰めていく。普通ならそこそこ嬉しいシチュエーションのはずなのだが、嗄井戸は何故か震え上がっていた。

「すいません！　大変お手数ですが、僕は縫川さんが目撃したという当日の出来事を知りたいだけなんです！　すいません！　大変お手数ですが、覚えている範囲のことを教えてください！」

「なんでこんなに怯えられてるの？」

「別に縫川が悪いわけじゃないから」

不可解そうな顔の縫川を宥めつつ、当日の話を促す。すると、縫川は物々しく頷いて話し始めた。

「就活ももう一段落したしさ。卒業までは手芸やろ〜って思って、サークルＯＧの子と残って作ってたの。そしたら……見ちゃったんだよね」

「見たって、何をだよ」

縫川はややあって、言った。

「……ティンカー・ベル……」

「アニメ映画特集かよ」

思わず言葉が口を衝く。『メリー・ポピンズ』の次は『ピーター・パン』ときた。どちらも空を飛べるから、今回の謎にはうってつけである。

「といっても、そのものじゃなくて。影が見えたの。その……雨が降り出す前に雷が鳴ったんだけど。あれで……パッと壁に人の影が映って。あ、なんだろうって思ってたら……その影から羽が生えて飛んでいったの！」

「はあ……なるほど」

俺はやや微妙な気持ちで相槌を打つ。

「羽が生えて飛んでるんだからティンカー・ベルでしょ！」

「ダークフェアリーの可能性もあるけどね」と、嗄井戸が小さく余計なことを言う。

「それで、今の何だろう……って、思ったんだけど、深くは考えなくて。雨降り始めたからもう帰らないとなーって帰り支度始めて棟から出たら、人が倒れてて」

「んで、救急車呼んだのか？」

「え？　呼んでないよ。だって、もう救急車来てたからさ。えーって思ってる間に、どたどたって救急隊員が走ってきて運ばれてった感じ」

それだけなんだけど……と言う縫川の目がちらりと嗄井戸を見る。嗄井戸はその視線にまたビクッと身体を震わせたが、じっと縫川を見つめ返して言った。

「……ちなみに、縫い物をしていた講義室はどこ？」

「十四館の三階……」

「つまりはこの部屋だね。ちなみに、ティンカー・ベルの足は見えた？」

「え？　……そう言われると見えなかったかも。上半身と、そこから羽が出てくるのだけ見えたよ」

「分かった。ありがとう」

そう言って、嗄井戸がにっこりと笑った。他人とまともに喋っているところを見てこなかったので、当然誰かに笑いかけているのを見るのも殆ど初めてのことだった。

そうしていると、嗄井戸はなんだかとても人当たりの良い普通の青年に見えた。多分ずっとそうであったのだろうけど。

「あ、そうだ。私、君の名前まだ聞いてなかった。何ていうの?」

「……嗄井戸高久。ずっと休学してて……実はまだ休学中なんだけど、そろそろ……復帰したいと思ってる」

「そうなんだ。入れ替わりで卒業しちゃうけど、よろしくね嗄井戸くん」

縫川が差し出してきた手を、嗄井戸が恐る恐る握る。

それがどれだけ大きい一歩かは、俺と嗄井戸しか知らないのだ。


縫川が講義室を離れてから、改めて窓から見える景色を確認する。

この講義室の窓からは、峠町が倒れていた地点がよく見える。ただし、窓から身を乗り出してちゃんと見ようとした場合だけだ。縫川が下に降りるまで気づかなかったのも無理はない。

「縫川が見た影って峠町だったのか?」

「まず間違いないだろうね。羽が見えたって言ってただろう? 羽っていうのは多分、彼女が羽織っていた服……恐らくパーカーか何かの裾だ。裾が翻るような服装じゃなかったら、彼女以外の可能性もあったけどね」

「なるほどな……ティンカー・ベルだなんだって言ってたけど、あれって正しかったのか」

「となると、峠町さんが落下したのは、雨が降り出す直前であることになる。やっぱり傘が不自然だな……」

窓から吹き付けてくる風を浴びながら、嗄井戸がぽつりと呟く。こんなに暑いのに、嗄井戸はなおもいつも通りの黒い長袖のままだ。よくもまあ暑さに負けないものだと思う。

「それで……次に会うのって誰だっけ?」

「CM連の会長だ。峠町と一番関係が深くて、当日ミニバンを運転する予定だった後輩だよ」

会う場所は食堂だった。嗄井戸はこの時点で落ち着かないようで、隣に座っている俺の足を頻(しき)りに蹴ってくる。あまりの頻度に、モールス信号でも送られてるのかと疑ったくらいだ。

「俺はCM連の連合長、巻島幸太(まきしまこうた)です。峠町先輩の一個下の代で、先輩から直々に連合長を任せて頂いた立場になります」

現れた後輩――巻島は文化系サークルにそぐわない体育会系のノリで挨拶をしてきた。CM連の活動内容は、学生ならではの視点で独自コマーシャルを作り、広告業界の第一線で働くことらしいのだが――物を作るというのは体力勝負である、ということなのかもしれない。

「俺は四年の奈緒崎。んで、こっちが嗄井戸」

「そっちは何年ですか」

嗄井戸のことを見ながら、巻島が尋ねる。

「えー…………二年かな」

「サバ読むな」

「一年しか通ってないんだから嘘じゃないでしょ」

「二年でその髪色とは、なかなかいないタイプだな」

「別に好きでやってるわけでもなくて……」

嗄井戸がしおしおと萎(しぼ)んでいく。その様子に面食らったのか、巻島の方から話を変えた。

「峠町先輩は、俺がこの世で最も尊敬している先輩です。先輩は、このＣＭ連を纏(まと)め上げた凄い方ですし、先輩の手がけたＣＭがコンペに残ったから、ＣＭ連に予算が回ってくるようになったんですよ」

慕われているのは本当だと思う。少なくとも、俺の目にはそう映った。

だが、嗄井戸の方はどう思っているのか分からない。どういう意図なのか「峠町さんのＣＭって見られます？」と尋ねてきた。巻島は「見られますよ」と笑って、タブレットを取り出してきた。

流れた映像は、普通に流れている企業のＣＭと遜色の無いクオリティーを誇っていた。荷物を運ぶ女の子が壁を蹴り川を渡っていく。凄まじいスピードかと思えば、急にスローモーションになって木を飛び越え、空に落ちていく。

「すごい、これどう撮ってるんだ？」

「多分、実際に高い位置で宙返りをしているんだろうね。ＣＧじゃこの葉のそよぎは表現するのが難しいだろうから」

巻島との世間話のつもりだったのだが、それを全く分かっていない嗄井戸が答える。

「そうなんだよ。峠町先輩は出来るだけ特殊効果に頼らない映像作りをしたいって言ってて、このパルクールとかも自分で撮ってるんだよ。高いところも手持ちカメラ一つ持って上っていって。別に誰が悪いってわけでもないけど、悔しいよなあ。英知大学なんか高い場所での撮影し放題だったのに。屋上開放が無くなったからなあ……」

巻島が悔しそうに言う。俺は乾いた笑いで応じながら、高いところに上る峠町花実を想像した。けれど、近くにある高さのあるものなんて、それこそイチョウの木しかない。

「このCM……『パルプ・フィクション』のパロディでしょ。それにこっちは『ハッピーエンド』……。結構渋い趣味をしてるね」

「お、映画詳しいのか?」

「……それなりには」

とんでもない謙遜をしながら、嗄井戸がぽつぽつと語り始める。何を話しているのか俺にはよく分からないが、なんだか楽しそうだった。多分、映画好きにしか分からない話で盛り上がっているのだろう。嗄井戸はコミュニケーションを取るのが下手くそだが、映画はそれをカバーしてくれる。

そのまま巻島と嗄井戸は何故か立ち上がり、どこかへ行ってしまった。俺もついていこうと思ったのだが、結局やめた。注文したクリームソーダがまだ半分以上残っていたし、俺では話に入れないからだ。……もしかして、映画というツールさえあれば、嗄井戸は普通に誰かと打ち解けられるのでは? と思う。それは間違い無く、いいことだ。

このまま放置されるのであれば適宜帰ろうと思っていたのだが、二十分くらいして嗄井戸は一人で戻って来た。あと一分遅かったら帰っていただろうから、恐ろしくタイミングの良い奴である。

「巻島とどんな話してたんだ？」

「映画の話だよ。今、ＣＭ連は『バニラ・スカイ』をモチーフにしたＣＭを撮ろうとしてたらしい。コンテは見せてくれなかったけど」

「はあ、なるほどな」

適当に相槌を打ったはいいものの、俺には『バニラ・スカイ』が分からないのでふわっとした回答になってしまう。題名からしてパティシエの話かなんかだろうか。だとしたら、多分お菓子の宣伝とかと相性がいいんだろう。

「奈緒崎くん。別に映画の話に付いていけなくても構わないんだからね」

「いきなりなんだよ」

「一応言っておこうと思って」

そう言う嗄井戸が若干ニヤついていたので、俺は無視する。俺は一生『バニラ・スカイ』とやらを観ないと決めた。

「――あと、許可証の話もしたよ」

「許可証？」

「大学って何をするにも許可が必要だよね。ＣＭ連の彼らは、あの日倉庫に溜まった廃品を運ぶ為にミニバンの入構許可証を取っていたんだって」

「あー、なるほどな」

俺も文化祭の手伝いで申請をしに行ったことがある。学事に入構の許可を取ると許可証が貰える。入構した車のフロントガラスにその許可証を挟むことで、構内に停(と)めていても怒られないというわけだ。そして、車を引き揚げる時は許可証を学事に返却して手続き終了である。

「でも、許可証を持ったまま峠町さんの行方が分からなくなって――結局ミニバンの入構が出来なかったらしい」

「許可証は本当に峠町が持ってたのか？」

「ああ。彼女の手元に落ちていたそうだよ。濡れずにね」

手元。ということは握りしめてでもいたということなのか。引っかかる気もするけれど、解答が思いつかない。ダイイングメッセージ？　遺書代わり？　どれもしっくりこない。

「峠町はしっかり者っぽいし、後輩達に迷惑をかけるようなことをするタイプには思えないのにな」

「思い込みで印象を形成するのはよくないよ。ああやって慕われているようでいて、実は恨まれていました……なんて、ベタな筋書きすぎて映画にもならない」

「そこまで穿った見方しなくてもいいと思うけどな。お前、ドロドロした映画観すぎじゃね？」

「このくらい普通だよ」

そう言って、嗄井戸がちゃりっと手の中で鍵を鳴らす。

「ＣＭ連の倉庫の鍵を借りたんだ。運び出すはずだった廃品が入ってるらしいから、確認してみようよ」

「そんなのも貸してくれるんだな。大分信用されてるじゃん」

「どうだろうね。僕が事件のことを探っているから、敢（あ）えて手の内を曝（さら）け出すことで疑いを晴らそうという作戦かも」

嗄井戸が手の中の鍵を弄びながら言う。……そういう可能性も無くはないが、そこまで考えるのはあまりにも……なんというか、シビアすぎるような気持ちにもなる。

嗄井戸がこうして直に事件に関わるのは珍しい。グラン・カフェの事件は一部始終を目撃していたからあれだが、ゼロから調べるのは初めてだ。だから、嗄井戸の捜査のスタンスというものも、俺は初めて知る。

ずっと引きこもっていた人間だから、こうまで何もかもを疑うのか？　それとも、探偵というのは本来こういうものなのだろうか？

「お前って結局、巻島と打ち解けたの？　そうでもねえの？」

「奈緒崎くんはどっちの方が嬉しいの？」

嗄井戸は俺の質問をはぐらかすように尋ねた。

ＣＭ連の倉庫は全く面白みの無い場所だった。ＣＭを撮っているのだからもっと楽しい場所なんだろうと予想していたのに、そこらの雑多な倉庫とまるで変わらない。

「わあ、見てよ。平成ゴジラシリーズのビデオテープが保存してあるよ。倉庫に突っ込まれていただけだから再生するのも難しいかもしれないけど、取っておこうという気概がいいね。しかもこっちには『ヒッチコックマガジン』まである！　これ、巻数が多すぎて一巻から集めている人っているのかなあと思ったけど、こういうサークル単位の場所だと意外と買っちゃうものなんだね」

だが、嗄井戸にとってはそうでもないようで、倉庫の中を検めては心底楽しそうにしている。ＣＭ連の映画好きはなかなか堂に入ったもののようだ。多分、サークルの空気も嗄井戸の肌に合うのだろう。

「そんなよく分からんコレクション漁ってないで、何か手がかりになるもんが無いか探してみようぜ」

「手がかりというなら、入口付近にあるこのガラクタ達かな……」

嗄井戸が手近にあった大型の冷蔵庫に目を向ける。随分年季の入ったものだ。代々サークルで受け継いできたものを、とうとう処分することにしたのだろうか。近くには二人掛けのソファーや、大きな戸棚まで置いてある。ちゃんと『廃品』のステッカーが貼ってあるのが、分かりやすくてよろしい。

「確かに廃品回収に行く予定だったらしいな。嘘は吐いてないみたいだ」

「いや、嘘は吐いてると思うよ」

「は？」

「だって、ここにわざとらしく置いてあるもののことよく見てよ。冷蔵庫にソファーに戸棚だよ？どう見てもミニバンには積み込めない大きさのものばかりじゃない」

あ、と俺は言われて気がつく。確かにその通りだ。ミニバンに載せられる廃品なんて精々テレビとか椅子とかくらいなもので、こんな大きな荷物は積み込めすらしない。

「じゃあ……つまりどういうことだ？」

「なんでそんなことで嘘を吐いたのか確かめないとね。多分、彼らの中ではあまり引っかからない部分だったんだよ。これらが廃品であるのは本当だし、入構許可を取って運び出そうと思ってるのも嘘じゃなかったから」

そういう時は矛盾が見過ごされやすいんだよ、と嗄井戸が続ける。

「『アルマゲドン』で最も有名な間違いとされているのが、スペースシャトルが小惑星にぶつかって燃え上がるシーンなんだよね。宇宙には空気が無いから、炎が燃えるはずがないのに。この大きな矛盾に誰も気がつかなかったのは、地上での事故でスペースシャトルの機体が燃え上がるところをみんなが見ていたからなんだよ」

「まあ、そういうものって思っちゃってたら気づきにくいよな……」

じゃあ、ＣＭ連が入構させようとしていたのはもっと大型の車だったのかもしれない——……一瞬、入構自体が嘘なんじゃないかと疑ったが、許可証がある以上、流石にそれは無いだろう。

俺が考えあぐねている内に、嗄井戸はまたガラクタ漁りに戻っていた。今度は撮影機材やら、四つほど重なった大きな踏み台やら、銀色の棒やらが気になっているらしい。映画の撮影でも使うような器具なのだろうか。何にせよ、好奇心旺盛なのはいいことだ。

しばらくその背を見つめていると、不意に嗄井戸の動きが止まった。ゴソゴソと踏み台を動かし、何かを取り上げてまじまじと見つめている。

イチョウの葉だった。夏だからか、当然葉っぱは緑で青々としている。どこかに挟まれでもしたのか、茎の辺りですっぱりと千切れてしまっていた。嗄井戸は千切れた葉を指でなぞりながら何かを考えている。もしかすると、引きこもっていたせいで自然が珍しいのかもしれない。だとしたら、存分に触れ合わせてやった方がいいだろう。

そんなことを考えていると、嗄井戸が急に暗い声を出した。

「奈緒崎くんさあ……」

「どうした?」

「よく葉っぱも持ち帰ってくれたけど、ポケットに雑に突っ込んでるから茶色になっちゃっててさあ……。しかも落ちてるやつでしょ、せめて上の方の綺麗なのを摘んできてよ」

「葉っぱ摘むのは可哀想だろ」

「地面に落ちてるやや汚れて汁が滲(にじ)んでる葉っぱをお土産にされる僕の方が可哀想でしょ……」

またしても雲行きが怪しくなってきそうだったので、俺は「その葉っぱどこにあったんだ?」と尋ねて矛先を逸らす。

「この重ねてある踏み台の間に挟まってたんだよ」

「へえ。落ち葉って変なところに入り込みがちだよな」

「落葉の季節でもないのに……」

と、嗄井戸が呟いて、イチョウの葉をハンカチに包む。どうやら、よっぽどそのイチョウの葉が気に入ったらしい。今度は木から何枚か頂戴して、ティッシュか何かに包んで持って行ってやろう。きっと喜ぶはずだ。

そんなことを考えていると、不意に嗄井戸が言った。

「これで何が起きたのか大体分かったよ」

「え、マジか。マジで?」

「うん。……でも、ここからどうしたらいいのか分かんなくて」

嗄井戸が急にしょぼくれた顔をして呟く。どうしたらいいのか分からない、と言われても、と俺は思う。

「えー……まあ、事件の真相が分かったなら、みんなを集めて真相を披露するのが探偵だろ。というか、俺はお前の代わりにそうしてきたし……」

「そうだよね。犯人がこのまま何の罪にも問われないのはよくないと思うし……僕は言うべきなんだ」

「え、というか……お前、みんなの前で喋るの？　大丈夫か？」

この間までまともに外にも出られなかった奴が？　と俺は心の中で思う。大学に来るだけで大仕事みたいな顔をしてるくせに、みんなの前での推理披露なんかが出来るものなんだろうか。

だが、嗄井戸はまっすぐに俺を見つめて言った。

「出来るかどうかは分からない。けど、やってみなくちゃいけないから」

「……確かにそうかもな。うん、お前なら出来るよ。なんてったって、俺の名探偵だからな」

そう言いながら肩を叩くと、嗄井戸は一瞬物凄くホッとしたような顔をした。まるで、俺の一言で何かが吹き込まれたみたいだ。俺の他愛ない応援なんて、支えにするようなもんでもないというのに。

「で、でも、あの、みんなを集めて……もし来なかったらとか考えると心が折れそうだから、みんなを集めるところまではやってくれないかな……？」

「別に断られたら断られたでいいんだよ。俺だって行けたら行くって言って行かないことあるし」

「奈緒崎くんがそうやって言う時は絶対来ないじゃん！」

「終幕だ。ここから……始めよう」

探偵は家で映画観てるよ、というのが俺の中の探偵像だった。安楽椅子探偵としての嗄井戸高久。喜ばしいことに、それはもうとっくに過去のものなのだろう。俺は今、新しい名探偵の誕生を目の当たりにしているのかもしれなかった。

嗄井戸の心配は全くの杞憂で、集めたい人間——といっても、縫川と巻島の二人だが——は、指定した講義室の一つ、十四館三階の３１１教室にちゃんと来た。尤も、巻島の方はなんだか妙に落ち着かない様子で、頻りにスマホを弄っている。まるで集中していないのかもしれない。

だが、大事な話の最中にスマホを弄っている——というなら、こっちだって条件は同じである。俺は今、講義室ではない場所にいる。講義室の中の様子も、嗄井戸の喋っている声も、全部嗄井戸の胸ポケットに差したスマホのカメラを通して見聞きしているわけだ。こうしてカメラ越しに誰かを見るというのは面白い経験だと思う。なんでもない風景なのに、画面一つを隔てただけでまるで映画だ。

ここから俺は嗄井戸の一世一代の推理ショーを観ることになるわけだが、これも不思議な感覚だった。本来、そうした場で関係者達の前で話すのは俺の役目だった。今までだって推理をしているのは嗄井戸だったのだから、構造としては正しい。であるならば、その場から弾き出された形になっている俺の方が、今までの嗄井戸高久の立ち位置ということだろうか？

けれど、俺は今まで自分が推理を披露しているシーンを映像に撮ったことは——ましてや中継することはなかった。これが初めての試みである。つまり、嗄井戸は俺が大立ち回りを演じているところを見ずに自らの推理を託してくれていたわけで、それはつまり——どういうことだろう？　あの部屋で、嗄井戸はどんな気持ちでいたのだろうか。

「ねー、嗄井戸くん。話って何？　ここ、私達があの日縫い物してた教室だよね」

縫川がきょろきょろと辺りを見回しながら言う。流石に、そのことは察しているようだ。一方、縫川の話を聞いていない巻島の方は戸惑いながら嗄井戸を見つめている。

「この人は誰なんだ？　それで、話って何なんだ」

「峠町さんの落下事件――いえ、殺人未遂事件の真相についてです」

嗄井戸の言葉に、巻島がギョッとした顔をする。

「お前……滅多なこと言うなよ！」

巻島の言葉に、画面が大きく揺れた。恐らく、嗄井戸が大声に驚いたのだろう。俺ならさほど気にならないが、人とまるで関わってこなかった嗄井戸には天地がひっくり返るほどの衝撃であるはずだ。一瞬、嫌な予感が走る。案の定、嗄井戸が険のある口調で返した。

「滅多なことを言わなくちゃいけないほどの状況を作ったのは誰なんでしょうかね。それに、話を聞く前からそう大声を出されても困りますよ。こうして僕は理性的に君と話そうとしているんだから、相応の態度を見せてもらいたいものですね。こちらとしては、別に僕の見解を大学側に先に話しても構わないんですから」

うわー、と思わず声が出たが、多分嗄井戸には聞こえていないだろう。一を言われて百で返す、その嫌みったらしさは他人とのコミュニケーションにとって悪でしかないのに！　引き攣った巻島の顔を見るに、嗄井戸は今蔑み（さげすみ）の交じった腹の立つ笑顔で相手を挑発しているのだろう。最悪だ。殴られても仕方ない。

だが、巻島の理性は強かった。ぐ、と堪え、冷静に尋ねる。

「なら、先輩がどこから突き落とされたかも分かってるんだろうな。屋上は入れない。窓からは届かない位置に倒れていたのに？」

「結論から言うと、あそこにはちゃんと落下出来る場所があったんですよ」

嗄井戸の話し方は堂に入っていた。ちゃんと説得力のある、完璧な『名探偵』の声だ。その勢いに圧されたのか、巻島がスマホを机に置いた。縫川は笑顔で嗄井戸のことを見つめている。

「一九二〇年代、ハリウッドが最も夢のある場所だった時代です。その時代の製作者にとって、神とは太陽でした。大量のライトがまだ使えなかった時代です。日が落ちればカメラが機能しない。日当たりが悪いセットは使えない。そして彼らはどうしたか？　太陽の方にセットを合わせたんですよ。彼らはどんな場所にでもセットを運び、組み上げ、車で引きずり回して撮影をしました。太陽の位置は刻一刻と変わってしまいますからね。追いかけなければならなかった」

「……つまりは何の話してるの？」

縫川が当然の疑問をぶつけてくる。嗄井戸は一つ頷いてから答えた。

「落下場所のことですよ。恐らく、峠町さんが落下した時、あそこにはトラックが止まっていました」

「トラック？　俺達が申請したのは廃品回収用のミニバンだ」と、巻島が反論する。

「いいえ。倉庫にあった廃品は全て大型で、ミニバンに載るようなものじゃありませんでした。それに、許可証自体はフロントガラスに置くだけのものですから、実際に入構した車が何かは、申請を受けた事務員が照らし合わせないと分かりません。ＣＭ連は、トラックを舞台に使う為に入構させたんですよ」

「じゃあ何の為にトラックを?」

「こうする為ですよ」

合図の言葉を聞いた瞬間、俺はアクセルを勢いよく踏み込んだ。

すると、トラックが動き出してゆっくりと311教室の真下まで移動する。嗄井戸のカメラが壁の方を向くと、そこには揺れる丸い影が映っていた。

「え、この影……何?」

縫川が影に向かって手を振る。その様子を見て、嗄井戸が満足げに言った。

「二人とも、窓の外を覗いてみてください」

縫川も巻島も言われるがまま窓から顔を出す。そのお陰で、俺は二人の顔を直に見ることが出来た。窓の外にあるものを見て、巻島は顔を歪め、縫川は可愛らしい声を上げた。

「講義室の壁に映っていた影は、あの時の峠町さんの影です。そして、赤いバルーンが峠町さん本体です」

俺が運転していたのは、小型の三トントラックだ。三トントラックの上物の上には固定した踏み台を載せ、そこに大きな赤いバルーンを括り付けてある。バルーンはぷかぷかと浮かび上がり、イチョウの木と同じくらいの高さに到達していた。

「安全性を考えてバルーンで代用しましたが……本来はトラックの荷室の上に、更に踏み台を重ねて簡易的な舞台を作っていたはずです。トラックの高さが荷室を含めて約二メートル。踏み台で作った舞台が二~二・五メートル。そして、峠町先輩の身長が一・五メートル。つまり彼女の頭は六メートルほどの高さにありました。建物でいう二階分ほどの高さに相当します。彼女はそこから落下したんですよ」

それを聞いて、俺は峠町が何故死ななかったのかも正確に理解する。つまりは結構単純な話でもあって、彼女はそれほど高くない位置から落下していたのだ。下が芝生で、なおかつ約六メートルからの落下なら、助かる可能性が十二分にある。

窓から顔を出してくれたお陰で、俺は嗄井戸が探偵として立っている姿を外から眺めることが出来た。嗄井戸は俺の方を見ずに、巻島の表情を観察している。

「トラック？　踏み台で作った舞台？　一体何の話だ。そんな証拠がどこにある」

「倉庫にあった踏み台に、茎の千切れたイチョウの葉が挟まっていました。自然に落ちたのであれば、あんな断面にはなりませんし、今は夏で、落ち葉の季節でもない。踏み台を重ねて運んでいる時に千切れて入ってしまったんでしょう。イチョウの葉を巻き込むことが出来るほどの高さに踏み台が運ばれた証拠です。イチョウの木の高さも大体六、七メートルで、葉は満遍なく生い茂っていますから、十分巻き込む高さでしょう」

「じゃあ、私はその位置にいた峠町さんの影を目撃したってこと？」

「その通りです。ティンカー・ベルの正体は、雷によって浮かび上がった落ちる彼女の影だったんです。二階分の高さにあるものの影だったから、上半身しか映らなかったんでしょう」

真相を見抜いた時、嗄井戸が最初に行ったのは小型三トントラックのレンタルとバルーンの手配、それにバルーンを照らして影を映し出す為の投光器を買うことだった。

「……別に、口頭で説明すればいいんじゃないのか？」

「それだといくらでも言い逃れされそうでしょ」

嗄井戸はどこか弾んだ調子でそう言うと、

「巻島くんは廃品回収を理由にトラックの入構証を手に入れて、トラックを入構させたんだ。そして、その上に即席の舞台を作ったんだよ」

「その場合……運転してたのって巻島だよな？　トラックの運転なんて出来るのか？」

「三・五トンまでの小型トラックなら、普通免許で運転可能なんだよ」

「あ、じゃあ俺でも運転出来るのか」

「え、奈緒崎くんって運転免許持ってたの？　いつの間に⁉」

「この間取った」

「一週間くらいいないと思ってたら！　なんで教えてくれなかったの⁉」

「聞かれなかったから」

そんなわけで、俺は嗄井戸の推理ショーをドライバーとして手伝うことになったのだった。まさか、免許を取って初めての運転がトラックになるだなんて思わなかった。

許可証は俺でも簡単に取れるものだった。申請の理由も『廃品回収』で楽々通る。多分、同じ理由で申請されることが多くてなあなあになっているのだろう。そうであれば、実際に運ぶべき廃品を倉庫に置いていたCM連の申請は、あっさり通ったに違いない。

バルーンとトラックを見た巻島は明らかに狼狽（ろうばい）していた。これでは殆ど認めたようなものである。それでもまだ譲れないのか、巻島は「そんな話通用するかよ！」と苦し紛れに言った。だが、嗄井戸はあっさりと首を振る。

「なら、どうして踏み台と踏み台の間にイチョウの葉が挟まっていたんですか？」

「それは……」

「貴方(あなた)は廃品回収を名目に入構証を手に入れ、トラックの入構を行いました。そして、高いところでの撮影に飢えていた峠町さんを誘い出し、荷室の上に作った即席の舞台に乗せた上で——彼女の足を引くなどして落下させたんです。そして、彼女が落ちたのを確認するとトラックを発進させてその場から逃げ出しました」

「——え？」

巻島の顔がぽかんとする。俺も思わず「は？」と声が出てしまった。いや、今のところ嗄井戸の説明は筋が通っているような気がする。気がするのだが、でも、どう考えたら巻島が峠町を殺すなんて話になるんだ？

俺達の戸惑いを余所(よそ)に、嗄井戸は真剣な表情で続ける。

「そして、トラックが発進するのと入れ替わりで、通り雨が降り始めます。すると、峠町さんの周りの地面が濡れて足跡がつく状態になってしまいました。戻って来た巻島くんは驚いたことでしょう。これでは、峠町さんに持たせ忘れたあるものを持たせられません」

「あるものって……一体何だよ」

「許可証ですよ。もし許可証をのうのうと学事に戻してしまえば、今回使ったトリックに気づかれてしまうかもしれません。けれど、許可証を峠町さんに持たせておけば、そもそもＣＭ連は車を入構させていないことに出来る。貴方はそう考えました」

「けど、峠町さんの周りの地面は濡れてたんでしょ。雨が降った後に峠町さんに近づいて許可証を持たせたら、その痕跡が残ってない？」

　黙っていた縫川が急に質問してくる。ああ見えてちゃんと嗄井戸の話を聞いていたようだ。

「簡単です。巻島くんは十四館の中から倒れている峠町さんに向かって、許可証を投げたんですよ」

「許可証ってただの厚紙でしょ？　何メートルもある峠町さんのところまで届くわけないじゃん」

「その通り。ただ窓から投げても、峠町さんのところには届きません。ですが、傘の中に許可証を入れて傘ごと投げるのではどうですか？　これだったらさほど難しくはないでしょう。ぴったりではなく、あくまで近くに投げられたらいいんですから。晴れていれば不自然かもしれませんが、通り雨の後なら峠町さんの近くに傘が落ちていても不自然じゃ無い」

　嗄井戸が冷たい声で続ける。

「一体どうしてそんなことをしたんですか？　第一発見者の縫川さん達が下に降りた時には、もう既に救急車が到着していました。となると、……救急車を呼んだのは貴方ですよね。罪の意識に耐えかねたんですか？　それなのに、冷静に許可証を投げる工作を行った、貴方のことが分からない」

　どうやら嗄井戸は本気で理解出来ないと思っているようだった。今までどんな犠牲を払っても自分の目的を完遂する犯人としか対峙してこなかったからか、巻島のことがどうしても保身に走った中途半端な男に見えているらしい。巻島は何を言っていいか分からずに、血の気の引いた顔で嗄井戸を見ている。これ、どうやって収拾つけるんだよ、と思っていた、その時だった。

『ちょっと待った。代わってくれ』

見知らぬ女の声が辺りに響く。声の元は、巻島が机の上に置いていたスマホだった。その瞬間、俺の脳裏に名推理がひらめく。明らかに集中していなかった様子の巻島、ずっとスマホを見つめていた巻島、そのスマホを突然テーブルに置いた巻島――彼は、俺達と同じことをしていいたんじゃないだろうか？

講義室の中に戻ってしまった嗄井戸の表情を、俺は見ることが出来ない。多分髪の色と同じくらい真っ白な顔をしているだろう。嗄井戸の手が巻島のスマホを恐る恐る受け取る。通話画面はまだスピーカーモードのままだったので、俺も彼女の声を聞くことが出来た。

『お前、友達いないだろ』

「え……!? は？ ちょっ……い、いるでしょ……？」

嗄井戸が弱々しく返し、所在無げに身体をゆする。助けてやりたい気持ちはあるのだが、事態が呑み込めないのでどうしようも出来ない。

『いるかどうかも知らん！ 私はお前が誰かも知らないからな！ ただ、お前が好き勝手言ってるのだけは分かった！』

「好き勝手……？ 僕の推理は正しいはずだ」

『まあ、それ以外の部分は全て合っていたから仕方ないか。本当にすごい推理力だよ。まるで一部始終を見られていたみたいだ。私は誰にも突き落とされたりしてない！ あれはただの事故だ！』

「え……まさか、あなたが……」

『その通り。私がトラックから落ちた峠町花実だ。ほんの少し前まで昏睡状態だったせいで妙な推測をさせてしまってすまない！　けれど、もう大丈夫だ！』

峠町花実は、事故をまるで感じさせない明るい声で言った。

『よりによって巻島が犯人なんて……君の推理は暗すぎる。だから友達がいないんだろうと思ったんだ』

「い……言いがかりじゃないですか……」

『むしろ、巻島は功労者だよ。新作ＣＭ——恐らくは大学で私が手がける最後のＣＭの為に、どうしても高い場所からの大学構内を見たカットが欲しくてな。けれど、屋上には入れない。窓から撮るのは味気ない。だから、トラックの上で撮影をすることにしたんだ。荷台の上に撮影台を作るのに十分、そこから撮るのは三分もかからない。すぐに終えればバレないだろうと。

だが、急な雷に驚いて、私がその上から転落してしまったんだ。そこから先、私の意識は無くなった。全く不覚だったよ。……酷いやらかしをしてしまった。認められていない撮影をして事故を起こしたら、サークル自体が無くなる可能性があるというのに』

「……そうか。巻島さんはＣＭ連を守る為に動いたということなんですね？　その為に、許可証の入った傘を投げた」

「ああ。……だから、全部無かったことにして、峠町先輩が倒れている不可解な状況だけ作ることにしたんだ。どれだけ不自然でも、分からなければＣＭ連を責められない」

巻島の言葉に、俺は心の底から納得する。無茶な撮影での事故を隠蔽する為——考えてみれば、なんで端からそっちの可能性に思い至らなかったんだ？　と思うような動機だ。

「じゃ、じゃあそう言ってくれたら……」

「どこで口を挟めばいいか分からなかったんだよ……こんな経験初めてだからな」

「ぼ、僕だって初めてで……」

嗄井戸の口調はうって変わって弱々しいものだった。さっきの名探偵ぶりが嘘のようだ。俺はトラックから降りて講義室に行ってやるべきかどうか迷うが、もう手遅れのような気がする。

『だから、君はもっと人と関わるべきなんじゃないのかな』

峠町花実がそう言って笑う。こちらはこちらで、とても優しい声だった。

『君は本当に面白いね。退院したら、是非君と話してみたい。会えるのを楽しみにしてるよ。なんならCM連に入るのはどうだろう?』

「え……あ……」

カメラがぐらぐらと揺れる。まずい、と思う。

嗄井戸はそのままお手本のような気絶をした。

＊

「もう外には出ない。大学にも行かない。何が休学だ。もうやめる」

「なんだよ。大立ち回りもやったし事件も解決したし、CM連にはスカウトされるし良いことずくめじゃん」

「何もよくない！　ああ……もう消えたい。関わった全員の記憶を消してやりたい」

「あったらいいのにな。『MIB』のチカッとするやつ」

必要以上に人を避けて暮らしていたせいで人付き合いの許容量をオーバーしてしまった……というのが気絶の原因だったらしく、嗄井戸はこれを大層気に病んでいるようだった。

その反動で、今はソファーからも降りられず狭い領土の中をごろごろ転がっているだけになってしまっている。大学での積極性が嘘のようだ。スクリーンではメリー・ポピンズが楽しそうに飛び回っている。

「もう人となんか関わらない。この部屋からも出ないもんね。……いいんだ……別に……ここで映画を観て、たまに名画座でプレミア上映を観たり……ああでもミニシアター系の新作を配信前に観るのもやりたい……」

「んなこと言ってるくせに、今回はやけに張り切ってたじゃん」

確かに事件の大枠は違っていたものの、今回の嗄井戸はれっきとした名探偵だった。ぐずぐずと部屋で丸まっていた頃とは大違いである。

「……だって、不思議なことがあったら、そりゃあ何があったのかは知りたいし……それが映画絡みのことだったら尚更だし……それに、」

嗄井戸がそこで言葉を切った。被っていた毛布の隙間から、じっと俺のことを見る。びっくりするくらい大きな目は、嗄井戸高久を構成する要素の中で一番目か二番目くらいに好きなところだ。俺があれこれ土産を持って帰ってきたのも、元はといえばその目に珍しいものとか綺麗なものとかを見せてやりたいという気持ちからだった気がする。

「僕だって、……自分の足で歩けないといけないでしょ」

だが、嗄井戸はもう自分の足でそれを見に行けるのだ。

「とか言ってる奴はうかうか気絶とかしないんだよなぁ。あれでダウンしてたらもうどこも行けないだろ」

「う……僕だって成長するし、そうやって馬鹿に出来るのも今のうちなんだからね。僕が大学に復帰したら、奈緒崎くんより先に卒業出来るかも」

「必修あるんだから無理だろ」

「そのくらいのポテンシャルがあるってこと！」

ところで、俺は『メリー・ポピンズ』のラストをよく覚えていなかったのだが、風に乗って飛んできたメリー・ポピンズは、風に乗って一家の元を去って行った。風に揺られる自由なナニーも、行き先は自分で決めなければならないのである。

整理するとかなんとか言っていたのに、俺の集めてきた砂やら枝やらは、映画関連のコレクションと一緒に綺麗に整頓されて棚に並んでいた。

ガラスの中に閉じ込められた過去が、俺の行く末を尋ねてきている。本当に、このままでいいのか？

Cinema Detective
水没錯誤の幽霊譚
たん
Kaleido Mystery

どうか『第三の犯罪』の結末を明かさないでください、さもないと友達に殺されてしまいますよ——友達に殺されなかったら、私が殺します！

ウィリアム・キャッスルによる『第三の犯罪』の宣伝

——一本の映画を作る時の没カットフィルムを繋ぎ合わせたら、一本で月にも行ける。そんな表現がされたことがある。そんな風に一カット一カット吟味された映画が好きだ。世界の全てを自分の支配下に置こうという覚悟が感じられるから。

人生が映画によくたとえられるのは、その二つがあまりにも似ているからだ。無限のカット割り、月まで届くような可能性をより集めて、僕らはエンドロールまで走り抜けていく。

僕——嗄井戸高久の人生を映画にしたら、前半は退屈かつ凄惨(せいさん)で、見るに堪えない悲劇になるだろう。中盤だって他の映画からの寄せ集めがフラッシュバックのように挿入されて——そして、後半には何が置かれるだろう？

奈緒崎くんの卒業の準備は着々と進んでいる。というか、卒論自体は僕も手伝って進めている。恐ろしいことに、奈緒崎くんは就活をしている様子がないけれど（大丈夫なんだろうか？　奈緒崎くんはバイトだって短期でしかやり通せたことがない）時計の針は進んでいる。永遠にも感じられたような大学生活が終わり、奈緒崎くんは卒業する。

僕は色々なことがきっかけでこの人生というのがすっかり嫌になってしまい、引きこもって映画を観る生活を続けていた。大学もずるずると休学を続けているが、このままだと退学することになるだろう。今、奈緒崎くんにはかなり差をつけられていることとなる。明らかに僕の方が頭が良いというのに、これは由々しき事態だ。

けれど、自分の人生をちゃんと生きようとしている奈緒崎くんに差をつけられるのは、恐らく当然のことなのだろう。

デヴィッド・フィンチャー監督の永遠の名作『ファイト・クラブ』に倣い、今現在についてを遡りながら語ろうと思う。

奈緒崎くんは僕の親友である。僕の冴えない人生のエンドロールに、主要キャストとして刻まれるだろう相手だ。僕の映画はとにかく登場人物が少ない。『キャスト・アウェイ』より多少マシなくらいだ。その中で、一際存在感を放つ相手である。

正直、こんな風に特殊な出会い方をしていなければ、絶対に仲良くなっていなかった相手だ。ティム・バートンをお菓子のブランド名だと思っている相手とまともに話す理由がない。

けれど、今や僕の人生は奈緒崎くんなしでは考えられないようなものになってしまっている。これってどういうことだろう？　まさしく意外な展開だ。

だが、その奈緒崎くんの様子が最近おかしい。……奈緒崎くんの様子がおかしい、というよりは、奈緒崎くんと僕の関係が変わり始めているというべきか。

僕はもう過去のことを克服して、少しずつ外に出られるようになっている。映画に自分の人生を託して、スクリーンの中に逃げ出さなくていい。全部奈緒崎くんのお陰だ。でも、だからこそ、卒業を前にして社会に出ようとしている奈緒崎くんとどう接すればいいのかが分からない。

社会に出ようとしている奈緒崎くんを見て、僕もこのままじゃ駄目だと心の底から思った。このまま奈緒崎くんは社会に出て、色んな人と関わるだろう。そうしたら、多分僕の居場所がなくなる。いつまでもこの狭い部屋に奈緒崎くんが遊びに来てくれるわけじゃないのだ。

だから、外に出ることにした。大好きな『2001年宇宙の旅』をきっかけに映画館に行った。大学に普通に通うようになってしまった奈緒崎くんの後を追って構内に足を踏み入れ、知らない人と話してみた。この間は（失敗したとはいえ）奈緒崎くんに頼らずに事件の謎を解いてみせた。

今まで、僕の推理をみんなに披露するのは奈緒崎くんの役割だった。さながら、アフレコみたいに（ちなみに一九六〇年代の低予算映画では、映像と音声が別撮りのアフレコ方式を採用していた。綺麗に音を録るより後から声を吹き込んだ方が美しいからだ。その為に役者の口元を映さずに後頭部からのカットばかりを採用していたりなんかする。カットで予算の多寡が知れるのも面白いところだ）。

ともあれ、僕はそういったところまで奈緒崎くんに頼りきっていたというわけだ。でも、もう違う。僕は一人で探偵活動が出来る。

そういうところを奈緒崎くんに見せなくちゃならなかった。

何しろ、僕は謎を解けなければただの映画オタクでしかないから。奈緒崎くんが興味を持ってくれなくなってしまう。

……………やめよう。こんなに暗くて湿っぽいことを考えるのは。

元はといえば、奈緒崎くんが最近僕を放っておいているのがいけないのだ。最後に一緒に映画を観たのはいつだろう？　昔はずっと入り浸っていたくせに、急に来なくなるなんて酷いじゃないか。

奈緒崎くんという人間はとても薄情で、何の連絡もなしに家を空けたりすることも多い。そうしてお土産に、旅行先の砂や木の枝を持ってくる。出来ればご当地のお菓子なんかを買ってきてくれたらいいのに——と言ってみたこともあるのだけれど、奈緒崎くん曰く「通販で買えるものなら別に要らないだろ」ということだった。

なるほど、それは確かに映画的な話だ。ヒッチコックがあくまで本物を使って映画を撮るのにこだわったのと通じる。廃墟を撮影する時に廃墟を丸々買い上げる彼の姿勢は素晴らしい。でも、僕は普通に八ツ橋とか食べたいけどな……。

じゃなくて、ここで重要なのは、奈緒崎くんは僕を置いてどこかに行ってしまうということだ。今でこそその後に葉っぱやら何やらを持って来てくれるけれど、いずれそれすらなくなってしまうかもしれない。

だからこそ、僕は独り立ちを決意している。

僕は奈緒崎くんに置いていかれないようにしなければならないのだ。

僕が出来ること、それはやっぱり探偵として何かを解決することだろう。正直探偵が普段何をしてどんな風に生計を立てているのかはさっぱり分からない。『ナイブズ・アウト』のブノワ・ブランはかなり裕福に見えたけれど、マネタイズの方法はどうなっているんだろうか？

そんなことを考えていると、都合の良いことに事件の方からやってきた。

「やっほー、久しぶり。元気だった？　上から読んでも下から読んでも矢端束（やばたたばね）ちゃんだよ」

　そんな言葉と共に僕の部屋を訪れたのは、かつて給与制によって僕の世話を担当してくれていた束ちゃんだった。その頃は女子高生フリーエージェントとして活躍してくれていた彼女は、今や立派な――……ギャップイヤー実行生である。大学に入る前に自主的に留学に勤しみ、世界を見て回っているそうだ。見識が広くなって何よりである。こっちもこっちで僕と好対照なのが眩しい。

　忙しくしているだろうに、束ちゃんの髪は綺麗に切り揃（そろ）えられ『レオン』のマチルダヘアーを保っている。少し大人になった束ちゃんは、いよいよナタリー・ポートマンに似ていて綺麗だった。

「やあ、ねばたたばやちゃん。半年ぶりだね。今度はどこに行ってたの？」

「南極方面かな。勿論、シロクマ以外のお土産もあるよ。それに、少し面白い謎の話も。いかにも奈緒崎くんが好きそうな話なんだけど、奈緒崎くんはー？」

　束ちゃんが無邪気に部屋の中を見回す。でも、あんなに図体の大きな奈緒崎くんが目に付かないはずもない。

「奈緒崎くんならいないよ」

「えっ、そうなの？」

「最近ずっといないかな。色々忙しくしているみたい」

　奈緒崎くんって薄情だよね、結構人との関係を蔑（ないがし）ろにするよね、という気持ちを大いに込めて言ったものの、束ちゃんはあっさりと「まあ忙しいか。四年生っていうか、五年生の卒業間近だもんね」と言った。

　えっ……これって僕の方がやっぱりおかしいのかな？　不安になってきた。毎日部屋に来ていたような勢いの相手が遊びに来なくなったことでそんなに恨みがましく思ったり焦ったりしないもの？　そんな『スタンド・バイ・ミー』のラストじゃあるまいし。僕にはやっぱりまだ人生が難しい。

　束ちゃんの態度がショックだったので、僕はすんと冷静なふりをして話を続ける。

「だから、謎とやらの話は僕が一人で聞かせてもらうよ。丁度、探偵活動に力を入れようと思っていてね。何かしらで独り立ちをしたいんだ」

「どういう風の吹き回しって感じだけど――これは東の風だね。東の風が吹いてきたね、高久くん。って感じだよ」

「今日は無風な気がするけれど」

「もー、探偵活動に力を入れるなら映画ばっかり見てないでホームズくらい読んで！」

「シャーロック・ホームズならガイ・リッチー版で学んだよ」

「あれはいいものだよね。何が良いってワトソンをジュード・ロウにしたところが最高。助手に必要なのは顔の良さなんだねえ」

　束ちゃんが訳知り顔で言う。僕はあの隠しきれないガイ・リッチー味のある映画体験が大好きなのだ。

「東の風は嵐だよ。――嵐の過ぎた後には、もっと清潔で、もっと善良でもっと強い国土が輝かしい太陽の下、広がることになるのだ」

　束ちゃんが文学的素養のない僕にわざわざ何らかの引用をしてくれた。……なんだかそれって、ちょっと怖い気がするんだけど気のせいかな。嵐が来て元の環境が破壊し尽くされた後に良いことがあっても、僕はそんなに嬉しくないよ。

「じゃあ、あらましを説明するね。留学先で知り合った私のお友達の話なんだけど……お友達がね、都内のとある廃墟に行ったの。そうしたらなんと、呪われちゃったみたいなの」

「ええ……急にそんなことがあっていいの？　一体何しに行ったわけ？」

「バイトだって言ってたかな」

「そんなバイトあるんだ……」

まるで騙されてデスゲームに参加させられる人みたいだ、と僕は思う。そういう導入の映画、何個も知っているし。

「高久くんからしたら馬鹿らしいかもしれないけど、本当に大変なんだから。人が変わったんじゃないかってくらいやつれちゃって。繊細なのね」

「幽霊でも見たから？」

「相当脅かされたみたいなのね。だから、もう一度その廃墟に行って、幽霊が出てくるか調べてほしいらしいの」

「……それって探偵の仕事かな？」

僕の頭に『死霊館』とか『エクソシスト』が過る。あっちの方が確かにマネタイズの方法が分かりやすいけれど、僕がやりたいのはそういう方向性じゃない。

でも、奈緒崎くんがいない間に、束ちゃんと二人で謎を解けたら自立にまた一歩近づくだろう。

僕は意を決して言う。

「でもまあ、調べに行こうか。幽霊っていうのはそうそういないよ。そうじゃなきゃ、もっといわく付きの映画が撮れていいはずだ」

「そうこなくっちゃね」

束ちゃんが笑顔でウインクをする。

ここから僕は変わっていくのだ。たとえ『コンスタンティン』のような方向性であっても、何も起こらない人生よりずっといいだろう。

＊

「奈緒崎、割の良いバイトに興味ないか？」

「ある」

俺が即答すると、落合(おちあい)は驚いたように目を見張った。

「なんだよ。嘘か」

「嘘じゃないけどさ、即答されるとビビるだろ」

「ちょっと金が欲しい時期なんだよ」

そんなことを言ったら、金が欲しくなかった時期の方がないけれど。かつて家から出られない嗄井戸にバイト代を貰ってパシらされたことがある。思えばあれこそ割の良いバイトだった。果たして、俺と同じ貧乏学生である落合の『割の良い』は当てになるのだろうか。

取れていなかった単位を取りきるべく、後期の俺は真面目に大学に通っている。一限から四限まで大学にいる生活なんて以前は考えられなかった。世の大学生がこんな苦行に耐えているのかと思うと心底恐ろしくなってしまう。まだ十月なのに、気が遠くなりそうだ。

そんな時に出くわしたのが、同期の落合だった。落合は俺と同じ五年生で、残った単位を取るのに奔走している。同じような状況の相手を見つけると、なんだか安心するのでついつい話し込んでしまった。

これから雨の予報だったのでそろそろ帰るか……と思っていたところだったのに、意を決したように落合が話を切り出してきたので、帰るに帰れなくなった。こうなったら、うまい話の一つでも持ち帰るしかない。

「これはSNSで見つけたおいしいバイトなんだけどさ……近くに住んでる人募集！　ってやつだったから、ラッキーだったよ」

「……なんだその怪しいバイト」

「俺も怪しいと思ったんだよ！　けど、相手とはちゃんとメッセージ機能でやり取りしててさ、前金まで払ってもらったから大丈夫なんだわ」

落合は笑顔で言うが、前金で払われるくらいヤバいバイトなんじゃないか……という疑念が過る。

「お前、映画とか好きだろ？」

「好きは好きだけど詳しいわけじゃない」

身近に物凄く詳しい相手がいるから、俺はこういう時は謙遜するようにしている。映画について何か蘊蓄を披露しようとする度に嗄井戸のことが浮かぶので、イキるにイキられないのだ。

「このバイトが、とある廃墟を撮影するバイトでさ」

「何の為に？」

「世の中にはなあ、そういう廃墟を買ってリフォームする前に、下見をしたいお金持ちがいるんだよ。日本全国の廃墟を回るわけにはいかないだろ？　だから、代わりに俺のような暇な学生を雇ってリサーチさせるんだな」

一応納得出来る仕事内容だ。お金持ちの考えていることやリフォームの手間が分からないので、無理矢理納得している節はあるが、少なくとも理屈は分かる。

となってくると、次に気になるのは、どうしてそんなにおいしい仕事が落合みたいな普通の学生に回ってきたのかだ。正直、落合はそこまで真面目でも優秀でもない普通の大学生である。さっきも時間を間違えて講義に遅刻してたし、こいつがパソコン周りに広げているコード類はぐちゃぐちゃだ。何個充電器持ってるんだ？　ポンコツ具合だったら、俺と似たようなものかもしれない。

だが落合は、訳知り顔で言った。

「前にそのバイトを頼んだ相手がノイローゼかなんかで飛んじゃって、代わりの人をすぐに探さなくちゃいけなくなったんだって。だからすぐ反応した俺が採用されたわけ」

「ノイローゼ……？　なんか怖いな。呪われたんじゃね」

「おい、短絡的すぎだろ！　廃墟の全部に幽霊がいると思ってんのか？」

落合はそう言って笑っているが、ホラー映画なんかでは落合のように事態を軽く見ているやつが呪われたり死んだりするのである。嗄井戸に付き合って何本もホラー映画を観たから、そこらへんの知識はばっちりだ。俺はそういう危険な場所に行ったら、絶対に幽霊に敬意を払って、行きずりの女には手を出さないことに決めている。あと、絶対に一人では行動しない。

「第一、俺を連れて行こうとしてる時点でちょっとビビってるんだろ」

「う……まあそうだけど、いいだろ。リスクヘッジだ」

「ホラー映画的セオリーでいくと二人で行っても餌食だぞ」

廃墟での動画撮影かつ前任者が謎のバックレを決めているという時点で手を引こうと思っていたのだが、前金の三万円が既に支払われていること、後金の六万円は俺と半分に分けてくれるということで腹が決まった。動画撮影なんてそう時間はかからないだろうから、時給三万円だ。そんなもの、幽霊がいようが殺人鬼がいようがやるに決まってる。

「にしても、奈緒崎ってそんなに金に困ってるのか？」

「ちょっと色々考えてることがあるんだわ」

俺はそう言って、スマホで落合のことを撮影する。突然カメラを向けられたのに笑顔でピースをしてくる落合は、随分撮られ慣れているようだった。


件の廃墟に着いた時には、雨は止みかけていた。このくらいなら、とも思うけれど、折角持って来たので差しておく。

「高久くんが傘を差しているところなんて初めて見たよ」

束ちゃんはしみじみと言う。部屋から出なかった僕にとって、傘は全く必要のないものだ。下の階に住んでいる奈緒崎くんの玄関先にはビニール傘がヤードセールの如く掛けてあるので、一本借りてきた。しっかり者の束ちゃんは自前の晴雨兼用傘を差している。

「夜には晴れるって言ってたけど、一応ね。降水確率三割は何故か当たるんだもん」

「最近あまり予報が当たらないらしいね。季節の変わり目だから仕方がないか」

束ちゃんが僕を連れてきたのは、四階建ての細長い建物が二つ繋がった物件だった。表面の塗装が剝げてすっかり白くなってしまっているのと、看板が撤去されているので分かりにくいけれど、多分元はビジネスホテルだったのだろう。廃墟には良い思い出がないし、ある程度の高さがある建物も苦手だ。僕とあんまり相性の良くない場所だ。

映画に出てくる廃墟は当然ながら嫌いじゃない。上質なホラー映画に廃墟のロケーションはつきものだし、僕は『グレイヴ・エンカウンターズ』が好きだ。あれは舞台が精神病院だったけれど。

「こんなのさっさと壊しちゃえば治安が良くなるのにね」

「当然だろうけど、コストがかかるからね。最近では使えそうな廃墟をリフォームしてスタジオとして貸し出すところも多いけれど」

その為、低予算映画では同じ廃墟が舞台となっていることも多い。それはそれで味があると思う。

「大丈夫？　辛かったりキツかったりしない？」

「今のところ大丈夫。こんな程度で参ってたら、社会復帰なんか出来ないよ」

そうしたら、僕は自分の人生を取り戻せない。そんなのはごめんだ。

僕は意を決して束ちゃんの後についていった。

中は黴臭(かびくさ)さの混じった湿っぽい空気で満ちていた。この雨が影響しているのかもしれない。壁や絨毯がじっとりと水を吸っていて、それがこの臭(にお)いに影響しているのだろう。

ロビーの内装は、一九八〇年代に多く見られた和洋折衷型のものだった。木で出来たカウンターはまだその形をしっかり保っている。絨毯は度重なる浸水の為か退色が目立ち、歩くと足跡が付いた。ロビーには『ホテルシガール』という立体看板が飾ってある。

「先客はいないみたいかな」

「多分ね……。束ちゃんのお友達が残した痕跡があるんじゃないかと思ったけど」

「雨も入ってくるみたいだし、何分それが半月も前だからね。でも、ノイズが少ないのはいいことだよ」

二週間前もたしか天気が悪かった気がする。雨によって定期的に洗われている分、埃などが目立たないのだろう。床には外から流れ込んだ水が川のように流れている。これは外の雨樋から流れてきているらしく、全く意味がない。むしろマイナスだ。

「お友達がやろうとしてたバイトなんだけどね。不動産投資の為の下見を請け負うバイトだったみたい」

「ああ、たまに聞くね」

「でも、こんなホテルなんか買っても仕方なさそう。どこもかしこもびちゃびちゃだもん。これ、もっと雨が強くなったらスプラッシュ・マウンテンみたいになっちゃうんじゃないの？」

「どんなものでも売り方次第だよ。このホテルだって、ここまでボロボロだと逆に売れるかもしれない」

転ばないように気を付けながら階段を上る。今のところおかしなところはない。……少し怖くなったので、僕は思い出した話をする。

「映画を最も高く売った人間は誰だと思う？」

「映画を最も高く……？　えーと、ワーナー四兄弟とか」

束ちゃんが名前を挙げたのは、かの有名なワーナー・ブラザースを立ち上げた兄弟のことだ。ちなみに世界最古の映画製作会社を立ち上げたのはフランスのレオン・ゴーモンである。その意味では、ゴーモンこそが最初に映画を高く売った人間とも言えるかもしれない……というのはさておくとして、僕は束ちゃんに向き直る。

「僕はウィリアム・キャッスルという映画プロデューサーだと思う」

「その人、何した人？」

「一九五〇年代の映画ブーム――特に恐怖映画ブームを引き起こした人物だよ。彼は映画に熱狂する人々を見て、彼らが映画に抱く並々ならぬ関心に注目したんだ。そして、映画が持つ高い商品価値を更に高めることに執心した」

「というと？」

「ありとあらゆる宣伝手法を使って映画を売ったんだ」

僕は壁に手をつきながら、階段を進む。

「一九五八年に公開された『マカブル』という映画があってね。これは誘拐された少女が犯人によって生き埋めにされる――というサスペンスなんだよね」

「なかなか面白そうな筋だけど」

「でも、それだけじゃあ観客の興味を引くことは出来ない。だから、キャッスルはとある宣伝文句をくっつけたんだ。『もしこの恐ろしい映画を観て心臓麻痺を起こして死んだなら――保険会社が千ドルを支払います』とね」

手に汗握るサスペンスを、死ぬ可能性があるほど恐ろしい作品として宣伝する。『死ぬほど』と口で言うだけでは鼻で笑われてしまうだろうが、そこに千ドルという保険金を掛けたことで、説得力を増したわけだ。劇場には倒れてしまった人達を救護する為の看護師達が待機しており、観に来た客達の不安を煽った。

束ちゃんはニヤリと笑って頷く。

「確かに上手いね。何より面白い。死んだ人間はいたの？」

「幸いなことにいなかったよ。あるいは、不幸なことに。結果として『マカブル』は空前のヒットを記録した」

正直なところ、『マカブル』はヒットするほどの作品だったわけじゃない。今ではアーカイブセンターに行かなければ観られないような作品だ。そんな映画でも五百万ドルを売り上げたのだから、キャッスルのやったことはまさしく魔法である。

「だから、このホテルも宣伝次第で売れるんじゃないかな。幽霊が出るなら、幽霊の出るホテルをリニューアルって感じで」

「『リニューアルしたこのホテルに泊まって呪われたら千ドル』で流行らないかな」

そんなことを言っていると、上の階から大きな物音がした。ガラスが割れたような音だ。

慌てて三階まで上がると、奥の方にあるガラスが割れていた。外の小石か何かが当たったのだろうか。

「……ねえ、このホテル……幽霊とかじゃなく危険じゃない？」

「そうなのかもしれない」

「でもね、お友達も言ってたんだよね。窓の外から幽霊がじっと見つめてきて……」

「ガラスを割ったって？」

「うん。お友達がいる時に割れたから間違いないって」

もし本当に幽霊がいて、この場所に足を踏み入れた不届き者に向かって石を投げつけてきたのだとしたら恐ろしいけれど——そんなはずはないのだから。

＊

大学を出ると、外はもう土砂降りだった。多少の雨なら気にしない性質(たち)だが、流石にコンビニで傘を買う。

落合が俺を連れてきたのは、駐車場らしき真っ白い建物だった。四階建ての長方形が二つくっついてるから、結構大型の駐車場なんだろう。そんなことを考えていると、落合が言った。

「元々はビジネスホテルだったらしい」

駐車場じゃなくてホテルだとは、なんて紛らわしい建物だ。大雨かつビニール傘越しだとよく見えないのもあるだろうが。

「これってリフォームしたところで借り手つくのか？」

「でもまあ、都内って土地が少ないらしいからな」

「なるほど、土地柄か」

俺は納得してロビーへと足を踏み入れる。中は酷く黴臭い臭いがして、嫌な気分になった。反面、内装やら置かれている家具やらはさほど荒れておらず、二、三十年前に営業していたホテルってこんなもんだろうなあ、というレトロな雰囲気を醸(かも)している。前に嗄井戸に観せられた『最も危険な遊戯』という古い映画を思い出した。

廃墟なんだから仕方がないんだろうが、雨漏りのせいで床は水浸しだった。スニーカーの中に濁った水が染みこんでくる。

おまけに床には川というよりは濁流のような水の流れが出来ている。どうやら外から流れ込んできているらしいが、流しそうめんがバラッバラになりそうな勢いだ。流れた水がロビーカウンターを攻撃しているように見えて、少し怖くなる。これ、その内穴が開くんじゃないか？

そんなことを考えながら床の大河に目をやっていると、中に光るものを見つけた。

エキゾチックな飾りのついた大振りのナイフだった。

「え？」

「おい、奈緒崎。ちょっとこっち来てみろよ」

スマホを構えた落合が俺を呼ぶ。俺の方も落合を呼びたかったのだが、これを見せたところで……と思い直した。大方、このホテルのロビーに飾られていたものだろう。

落合はロビーの階段を熱心に撮影していた。表面に張ってある赤い絨毯がすっかり茶色っぽくなっている。

「階段だな」

「その階段にさ、ほら！　足跡付いてる」

汚れているせいでよく分からないが、よく見ると確かに足跡らしきへこみがあった。足跡は上へ上へと続いていっている。

「これは恐ろしいことになってきたな」

「なんでだ？　階段じゃないところに足跡付いてた方が怖いだろ」

「これだけ雨漏りが酷い建物だぞ。この足跡がずっと前に付いたものだったら消えてるに決まってんじゃん。てことは、これはかなり新しい足跡ってことなんだよ」

「の割に薄くないか？」

　絨毯自体が駄目になってるからかもしれないが、その話でいくと明らかに薄い。だが、落合はチッチッと人差し指を振りながら言う。

「俺とかお前みたいな体格の人間を想像するからおかしくなるんだよ。もっと体重の軽い——それこそ痩せてる男とか、女の子だったらどうだ？」

「それはまあ……一理あるな」

「てことは、ここにはもう先客がいるのかも」

「何しに来たんだよ。こんなとこに」

　とは言ったものの、俺はこういう廃墟がよろしくない目的で使われる例を身を以て知っている。人目に付かないから、人目に付きたくない用途に使えてしまうわけだ。この場所なら、人が死んだって気づかれないだろう。

「何しに来たんだっていいけどさ、鉢合わせするかもな」

「そうしたらどうするんだ？」

「こっちはちゃんとした目的があるわけだから……堂々としとくか。先方に報告すべきなんかな？」

「鉢合わせたら考えればいいだろ」

そう言って、俺は階段を上へと進む。

大きな物音がしたのはその時だった。

＊

狭い部屋の中でずっと過ごしていたせいで、僕はあんまり身体感覚をよく分かっていない節がある。おまけに慣れない傘を持っているせいで、余計に通れる場所と通れない場所が分からなくなってしまった。

その結果、家具に引っかかった僕は、水が溜まった床で思いっきり転んでしまった。

「いっ…………たあ…………」

「大丈夫⁉　わあ……」

思い切り雨水を被ってしまったからだろう。束ちゃんが同情した目を向けてくる。

「ものすごい大きな音したし……この音で高久くんの方が幽霊だと思われそう」

「そうかもしれないね……ずぶ濡れになった僕は幽霊じみてるだろうし……」

「ガラスとか踏んでない？　大丈夫？」

束ちゃんが近くにある割れた窓を見ながら言う。

幸いなことに、僕の転んだ辺りにガラス片は散らばっていなかった。水に流されたのだろうか。

それとも——。

そんなことを考えていると、束ちゃんが小さく悲鳴を上げた。

「どうしたの？」

「いやはや、話には聞いてたけど実際に見ると驚くね」

束ちゃんが指を差していたのは、階段脇の壁にある赤い跡——血の跡？　のことだった。

「これが上まで続いてるらしいんだよ。怖いよね」

「……これって血の跡なのかな。薄くなっちゃってるから、ただの汚れに見えるけど」

「お友達の話ではもっと鮮やかだった気がするんだけどな」

束ちゃんがしげしげと眺める。要するに、現実のホラー要素なんてこんなものだ。

「恐らくそのお友達は老朽化したホテルに怯えすぎて、ありもしないものが見えるようになってしまっただけなんだろうね」

「本当にそうかなあ。うーん、でも今のところ何にもないもんね」

「さっきのウィリアム・キャッスルの話の続きをしてもいいかな」

そう言うと、束ちゃんは血の跡の前で笑った。

「続いてキャッスルが『ティングラー』という映画で用いたのは、もっと直接的なギミックだった。これは恐怖の寄生生物ティングラーが人を襲うホラー映画なんだけど……映画の途中で、ティングラーが逃げ出し、映画館に入り込む展開が起きる」

所謂(いわゆる)『メタ展開』と呼ばれるものだ。

「そのシーンに合わせて、パーセプトゥという機械が作動して、小型モーターによって椅子が振動するようになっていたんだ」

「ええ、それって凄いね」

「うん。一九五〇年代の映画だから、本当に凄いよ。でも本当に驚きなのは、ティングラーとこのパーセプトゥには直接的に関係がないはずなところかな」

つまりどういうこと？　と束ちゃんが首を傾げる。

「物語に出てくるティングラーは恐怖で成長する寄生生物というだけで、人を振動させるなんて習性は出てこない。けど、当時の技術で出来るギミックは椅子をモーターで揺らすことくらいが精々だった。だから、キャッスルはそれを導入した」

ここで、僕の言いたいことはもう分かってしまったらしい。束ちゃんが笑う。

「ティングラーと振動は特に関係のないものだけど、観客は勝手にその二つを結びつけてくれる。だから、キャッスルは導入した」

「この変な模様も、私達が勝手に廃墟と結びつけてるってこと？」

「その通り、パーセプトゥなんだ」

もしかすると、この廃墟には人が度々訪れていて、後から来る人を脅かそうとしているのかもしれない。跡を辿りながら、僕は話を続ける。

「実を言うと、今最新式として観客を楽しませている技術の殆どは五、六十年前――下手したら百年近く前に出来ているんだよ」

「ははん、キャッスル式の派手なキャッチだね？」

「でも僕の言葉はただのハッタリじゃないよ。さっき言ったみたいに、４ＤＸの始祖はキャッスルなんだ。『白雪姫』のダンスは本職のダンサーで振り付け師でもあるマージ・チャンピオンの動きをトレースして作られているんだ。そう考えると、モーションキャプチャー自体は一九三五年に既に出来ていたとも言える」

「へー、そうだったんだ。確かにこびとの家でのダンス、動きが滑らかだもんね」

「キャッスルなんかはある意味で映画館でやれるトリックを全てやっているわけだからね」

「他にもあるの？」

「それは、この出来の悪いお化け屋敷を踏破してからにしようか」

もうすぐホテルの最上階──四階に辿り着く。ここから更に東棟へと向かうことも出来るが、血の跡自体は四階のとある一室まで続いているらしい。

「お友達が言うには、壁に沿った血の跡は、まるで誰かが命からがら四〇六号室に入っていったような感じだったんだって」

「……それなら、壁以外のところにも血が付いてないとおかしくないかな？」

「それで、お友達は恐る恐る中に入ったの。そしたら──」

東ちゃんが声を低くして言う。

「何もなかったんだって」

「………………もう帰ろうか」

「待って！　ここまで来たら見て帰ろうよ！」

「どう考えても謎なんか何もないじゃない。良い感じに雨も上がってきたし、家に帰って『13ゴースト』のリメイク版でも見よう」

なんとなく分かってきた。わざわざ東ちゃんが事件なんて大仰な言葉を使った理由。奈緒崎くんなら興味を持つかもと前置いた理由。

　束ちゃんは好奇心の化物みたいな女の子だ。お友達からそんな話を聞かされたら、自分の目で確かめたくて仕方なくなるだろう。けれど、一人で行くのは流石に躊躇われる。だから僕を誘ったのだ。こういうところに首を突っ込みたがるのは奈緒崎くんの方だろうし、いなくてがっかりしていたのにも納得がいく。

　……知り合いの女の子に付き合って廃墟で肝試しは、果たして自立への近道だろうか？　僕にはよく分からない。でも、こういう時にちゃんと頼られるのは『大人』ではある気がする。

「……仕方ないな。じゃあ、四〇六号室までは行ってみよう」

「やったあ！　ありがとう高久くん！」

　束ちゃんが跳ねるように上へ向かっていく。窓の外はいよいよ晴れてきていて、虹まで見えそうだった。……それを遮るように、シーツで出来たロープのようなものが下がっている。

　キャッスルが用いた有名なギミックの一つに、イマーゴゥがある。これは紙で出来た幽霊をワイヤーで引っ張り、劇場の上を飛ばせるギミックである。……もしかして、このシーツを幽霊だと勘違いしたんじゃないか？　本当に全ての答え合わせが出来てしまった。

　ただ気になるのは、どうしてこんなところにそんなものが下がっているかの方だ。場所的に、このシーツは四階から――件の四〇六号室から下がってきているように見える。

　四階の廊下に辿り着くと、束ちゃんは何故か意気消沈していた。というより、怯えているように見える。

「何かあったの？」

「四〇六号室なんだけどさ……ううん、信じてはないよ？　信じてはないんだけど……なんか、嫌な感じがして」

　束ちゃんがちらりと視線を向ける。

　僕にも霊感なんてものはないから、この嫌な予感には全く根拠がない。ただ、たしかに嫌な臭いはした。何度も脱臭されてはいるんだろうが、隠しきれない微かな腐敗臭がする。廃墟なのだから多少の臭いはあってもおかしくないけれど、それとはまた違った臭いだ。

　束ちゃんに下がるように促し、四〇六号室の扉に手をかける。扉は開かなかった。

「鍵が閉まってるの？」

「いや……床が水没してるせいじゃないかな。扉が水を吸ってるんだ」

　言いながら力を込めると、なんとか扉が開いた。元から扉が大きく歪んでいたのでどうにかなったのだろう。中に入ると、臭いは一層強くなった。

　四〇六号室は、ロビー同様和洋折衷タイプの部屋だった。すっかり腐ってしまったベッドの奥には、椅子と小さなテーブルの置かれた広縁があった。旅館で仲の良い友達同士が談笑し合ったりお酒を飲み合う場所だ。生憎(あいにく)僕にはその経験がないけれど。

　広縁のところと部屋は茶色く汚れたガラス戸で仕切られている。僕は束ちゃんと一緒に部屋の中央まで踏み入った。

　見づらいが、その広縁の中に誰かがいた。

　僕はガラス戸を開いて、広縁を露(あら)わにした。

「人が死んでる……」

束ちゃんが小さな声で呟く。

広縁に設置された椅子の上で、男が死んでいた。水によって顔が膨張していて見づらい。臭いがこの程度で済んでいるのは、この湿気た部屋によって屍蠟化──腐敗せずに加水分解されたからだろう。

男の腹には大きな傷があった。手首にも同じような傷があるが、腹の方が致命傷だろう。傍らの窓は開いており、そこからシーツのロープが下がっている。さっき見たのはこれだったのだろう。近くで見ると結構頑丈そうだ。しっかりした生地で出来たリネンはこうまで保つものか、と直接は関係のないことを考える。

窓の近くには雨樋があった。半分以上折れてしまっている。ロビーに川を作った原因は、多分これだろう。

「どうしようこれ、殺人事件だよね？」

束ちゃんが怯えながら言う。

僕は四〇六号室に突然現れた死体を見つめる。

＊

四階に到達する頃には、落合はすっかり怯えてしまっていた。

実際、俺達はこのホテルに入ってからずっと不可解な目に遭い続けていた。俺達が上の階に上がろうとすると窓が割られ、壁には変な血の跡が付けられている。おまけに窓の外には幽霊がいたと落合が騒ぎ出し、すっかり収拾が付かなくなっている。

「ここ絶対ヤバいって！　本当に呪われるんだって！　絶対窓の外になんかいたから！」

「んなこと言ったって、雨で殆ど何も見えないだろ」

窓の外の雨はどんどん強くなり、滝のようになっている。床の浸水もヤバいし、あちこちから水が噴き出していて、もはや幽霊よりもそちらの方が怖い。これ、無事に帰れるんだろうか？　すっ転んだら治療費の方が高くついてしまいそうだ。

「もう帰ろうぜ、出直そう」

「二度もこんなところ来れるかよ。ちゃっちゃと上まで撮って帰ろうぜ」

嫌がる落合を引きずりながら、俺はなんとか四階へ辿り着く。落合はちゃんと映像が撮れてるのか、スマホってこんな横殴りの雨に晒されても大丈夫なのかが気になるが、映像のディザスタームービーぶりを見れば、買い主もこのホテルのことは諦めるだろう。そっちの方が役に立つ情報かもしれない。

それに、なんだかんだで俺は好奇心が強い。この血の跡っぽいものがどこに続くのか——それを知りたい気持ちがある。

四〇六号室の扉はなかなか開かなかった。

「鍵でもかかってんのかな？」

「ほら！　扉が俺らを拒絶してるんだって！」

扉の下辺りを蹴りつつ無理矢理力を込めると、ボロボロな木の扉はなんとか開いた。どうやら、雨で扉が膨張してしまっていただけらしい。こうして俺は意を決して、四〇六号室へと足を踏み入れる。

「何も――ないな」

こういう時の嫌な予感は当たるものだと思っていたのだが、部屋の中は空っぽだった。強いて言うなら部屋全体が雨で水没してしまっていて、足元が酷く悪いくらいだ。部屋の大きな窓ガラスは、雨に濡れ、滝を映すスクリーンのようになっている。

「……なんか、幽霊でも出るかと思ったけど、普通に考えてそんなのあるわけないよな」

怖がっていた自分を帳消しにするかのように、落合がへらっと笑う。

「けどさ、誰かがいる時ってなんとなく感覚で分かるよな。絶対さっきまでここに誰かいたはずなんだけど」

「なんで怖いこと言うんだよ！」と落合が半泣きで言う。すると、部屋全体が軋む音がした。

「それより、雨が本当にヤバいぞ。このホテル倒壊するかも」

「やっぱりここ、ヤバいホテルなんだって！」

情緒の安定しない落合が叫ぶ。このままだと足でも滑らせて死んでしまいそうなので、俺は落合を引きずるようにしてこのホテルからの脱出を図った。

恐ろしいことに、落合は怯えた結果スマホを水溜まりの中に落としてしまい、映像データを全てパーにしてしまった。落合はそれを呪いだと言い、スマホを買い直してからもう一度動画を撮りに行くと先方に申し入れたが、返信はなかった。

「呪いだ！」

「呪いなわけないだろ。……後金が惜しくなったんかな」

俺はどうにかして落合から前金の半分をたかろうと思ったのだが、呪いだ呪いだとうるさい落合は結局一万五千円を俺に渡さずに終わった。

割の良いバイトなんてこの世にはそうそうないんだな、と俺はしみじみ思う。

*

あのホテルシガールの一件から、丸一日が経った。

僕と束ちゃんの通報により警察がやってきて、遺体の身元はすぐに割れた。都内に住む須藤力也（すどうりきや）という男性だった。これから警察は何が起こったのか捜査にあたるらしい。

さて、僕の目の前には奈緒崎くんと束ちゃんがいる。ソファーでは向かい合って話しづらいので、僕と束ちゃんがソファーに、奈緒崎くんがクッションを敷いた床に座っている。なんだか奈緒崎くんとこうして面と向かって話すのも久しぶりだ。

というか、僕は今日、こんな風に奈緒崎くんと膝を突き合わせるはずじゃなかった。僕は『ホテルシガールで幽霊を見た』と言う束ちゃんの友達と話すはずだったのだ。

それが、何故かこうなってしまっている。

「えー……と、状況を整理すると、束ちゃんが留学先で仲良くなったお友達っていうのが、英知大学四年生史学科の落合理一（りいち）くん」

「その通り」

束ちゃんが笑顔でサムズアップを決める。頭が痛くなってきた。奈緒崎くんがスマホで撮影したという落合くんの写真を見ると、なるほどいかにも海外帰りといった感じだった。時計は未だに海外の時間に合わせているようだし、持っている充電器がやたら多いのは、海外用のプラグのものが交じっているからだ。多分、持ち物をあまり整理しないタイプなんだろう。

「その落合理一くんが割の良いバイトをしないかと言って誘ったのが奈緒崎くん」

「落合とは落語研究会繋がりで知り合ったんだわ。そこから一度も落語研究会に顔出したことないけど」

そんなことは今更どうでもいい情報だった。今重要なのは、半月前にホテルで幽霊を見たという落合くんと奈緒崎くんが——あのホテルで正確には何を見たかの情報だ。

僕が促すと、奈緒崎くんは妙なバイトの話からホテルであったことまでを説明してくれた。内部の様子は（奈緒崎くんの記憶力や観察力がぼんやりしているし、そもそも色んなものを見落としていたけれど）大体同じだった。けれど大きな違いは、奈緒崎くんが行った日が大雨だったことだ。

「というか、そんな怪しいバイトの話に引っかかるなんて……」

「お前のところで割の良いバイトを経験したのが裏目に出たな」

「とはいえ、一応ありそうな話ではあるね。一旦事故物件に住むバイトみたいだけど」

「あれ、なんだったんだろうとは思ってたんだよな。騙されたんだろうなーで終わってたけど」

「奈緒崎くんは雇い主が君を騙して何をしたかったんだと思う？」

「……嫌がらせ……ってことはないよな。俺らは別に雇い主と面識があるわけじゃないし。てことは、あのホテルに行かせるのが目的とか……」

「多分その通りだよ」

僕が頷くと、奈緒崎くんが変な顔をした。確かに、意図が分からなければ意味も分からないだろう。

「束ちゃんには言ったんだけど、ウィリアム・キャッスルという映画プロデューサーがいてね——」

僕はキャッスルについても改めて語って聞かせる。僕の語り口に慣れている奈緒崎くんは、映画の豆知識を存分に話させてくれるので好きだ。

「というわけで、キャッスルは観客を誘導する為に、刺激的な宣伝で耳目を集めた。ネタバレを厳しく禁じることで、口コミを広げるようなね。今回も同じようなことだよ。本当の目的を隠す為に、ホテルに焦点を当てたバイトを募集した」

ここまでくれば、自ずとその目的も明らかになってくる。

「奈緒崎くんが見つけた痕跡を確認していこう。割られた窓、窓の外の幽霊、それに四〇六号室に続く壁の血痕……だったかな」

「それ以外にもあったけど、概(おおむ)ねそうだな」

「割れた窓は僕も見た。血の跡はかなり薄くなっていたけどあった。窓の外の幽霊は、四〇六号室の窓から下がったシーツが風に煽られていたのを見ただけだろう」

奈緒崎くんがあのホテルに行った日は未曽有(みぞう)の大雨だった。それを考えると、見間違えても無理はない。

「血痕は恐らく、僕達の見つけた死体——須藤力也という二十代半ばの男のものだろう。致命傷になったのは腹の傷であるはずなのに、関係のない手首からも出血していた」

水浸しになりやすい床に痕跡を残すより、壁に残した方がいい。ということは、あの跡はやはり四〇六号室に人を導く為のものだったのだろう。当然ながら、須藤力也のやったことだ。

「当然、幽霊でも呪いでもない。奈緒崎くん達が死体を見つけてたら、幽霊の呪いだなんて思わなかっただろうにね」

「いやまあそれはそうだとして、窓は？」

「単なる偶然だよ。僕が行った時も割れてたしね。ただ、奈緒崎くんが訝しんでいるように、作為的なものもあったよ」

「作為的なもの？　やっぱり誰かが、ていうか幽霊が割った窓があったのか？」

「そう。あの時は気づかなかったんだけど——ホテルの中に内側から割られた窓があったんだよ。ガラス片が中に散っていないんだから、もっと早く気がつくべきだった。つまり、それは作為的に割られた窓だ」

「てことはまあ……俺達より先にホテルに来たやつ、その須藤ってやつがやったのか」

「そういうことだろうね」

奈緒崎くんの顔は納得してはいるものの、理解が出来ていない顔だった。そういう表情になるのも分かる。

「須藤は何の為にそんなことしたんだ？　須藤がやったとしてだけど」

「こう考えてみたらどうだろう？　乱闘によって内側から窓が割られ、それによって負傷した手をついて血の跡がつく。須藤は命からがら四〇六号室に逃げ込んだけど殺されてしまった……」

「まさか、そういうことなのか？」

「……なんて、そんな風に思わせることが、須藤力也の目的だったとしたら？」

その言葉に、奈緒崎くんより束ちゃんが反応した。

「あ、じゃああの変なアルバイトって……もしかして須藤力也が雇い主だったってこと？」

「今となっては、そうだったんじゃないかと思う。いくらなんでも前金を払ってまでやらせるような仕事じゃないからね。須藤力也は、自分の死体を見つけてもらう為に、落合くんに頼んだんだ」

「最悪のバイトじゃん……」と奈緒崎くんが渋い顔をする。高給に目が眩んで変な仕事に乗るからいけないのだ。

「けれど、須藤力也の思惑通りにはいかなかった。何故なら、奈緒崎くんと落合くんが須藤の指示通りにホテルシガールに行った日は雨は雨でも想定外の大雨だったから。雨が降って須藤力也が死んでいた四〇六号室はぐちゃぐちゃになってしまった」

奈緒崎くんの話によると、そもそも四〇六号室は水に浸かって先に進むことすら困難だった。おまけに、広縁に続くガラス戸――。四〇六号室の窓は開いていた。――窓から吹き付ける大雨で、ガラス戸の向こうにあるものはすっかり見えなくなってしまっていただろう――。これは正直、奈緒崎くんを責められない。

「だから、死体を発見してもらう為に雇った奈緒崎くん達に、発見されなかったわけだ」

「正直、あの部屋にわざわざ入ろうとは思わないよな」

「そうは言っても、広縁に死体があったら入ってただろう？　ガラス戸の向こう側が雨で覆い隠されていなかったら見つかっただろうし」

「流石の俺でも入るな」

奈緒崎くんがうんうんと頷く。……面倒なことになりそうだから入らずに帰ろう、というのも奈緒崎くんらしいので、そこは安心する。

「だから、死体は発見されずに四〇六号室に放置されることとなった。怯えた落合くんが束ちゃんに相談を持ちかけてよかったよ。そうでなかったら、もっと長い間死体は発見されなかっただろうね」

僕が言うと、奈緒崎くんが少し考えてから言った。

「けど、もしかしたら本当に須藤力也は殺されたのかもじゃん。俺達を雇ったのが本当にただの変わった金持ちなのかもよ」

正直、奈緒崎くんからそこの部分の疑問が出てくるとは思わなかった。僕は少し笑ってから言う。

「その偶然はなくもないね。相当不自然だし、依頼人の目的が分からないけれど……でも、窓の外に下がったシーツがあるよね」

「ああ、あれって何だったんだ？」

「四〇六号室に入った須藤力也は、うっかり扉を閉めてしまったんじゃないかな。既に水分を吸っていた扉が開かず、彼は焦った。建て付けの悪い扉がもう開かないものだと思い込んでしまったんだ」

「別に扉が開かなくてもいいだろ。どうせそこで死ぬつもりだったなら――」

そこまで言って、奈緒崎くんがハッとした顔をする。

「いや、殺されたと思わせたいなら、密室になるとまずいのか」

「そういうこと。苦肉の策で、須藤力也は窓を開け、細く結んだシーツを垂らして逃走経路を用意した。もしかすると、焦った犯人が本当にその逃走経路を使ったのかもしれない。でも、そうするとナイフのことが気になる」

勿論、奈緒崎くんがロビーで見つけたあのナイフだ。

「あれは須藤が死に際に窓から落としたものだろう。けれど、ナイフは壊れた雨樋を流れ、ロビーに流れついた。犯人がわざわざあのロビーにナイフを捨てる理由はない……ホテルに捨てるにせよ、出入り口付近は選ばないだろう。何にせよ、落合くんとやり取りをしていた相手が誰か分かったら、自ずと真実は分かるだろうね」

須藤力也がどうして自分が殺されたように見せかけたかったのかは分からない。保険金が必要だったのか、誰かに罪を被せたかったのか、それとも何かしらの指示でも受けたのか——。それは、警察が明らかにするだろう。

彼が何を企んでいたにせよ、何を願って死んだにせよ——。

あんな湿っぽい場所で見つからずにいるよりはよかったんじゃないか、と思う。

とにかく、今僕が気になっているのはそこじゃないのだ。

「これって、奈緒崎くんが僕に変なアルバイトの話をしてくれてたらすぐに違和感に気づけたはずじゃないのかな」

「え？　ああ、確かにな」

平然とそんなことを言うものだから、僕は更にムッとする。

「そこのところを、もう少しちゃんと気にした方がいいと思うよ。最近コミュニケーション不足というか、なんというか、もっとこう……」

ずっと思っていたことなのに、言葉にしようとすると上手くいかない。

あんなに映画を観ているのに、洒落た台詞が引用できない。こういうシチュエーションにぴったりの台詞も、絶対にあったはずなのに。上手く伝わらないので、奈緒崎くんが「お前にも結構な可愛げあるんだな」と的外れなことを言い、束ちゃんが笑う。僕が抱いているのは、もっと切実な危機感だ。

でも、こんなすれ違いだって数日経てば忘れてしまうのも確かだった。

その後、奈緒崎くんは単位を取りつつ、卒論を書き（大半を僕に書かせ）、たまに僕の部屋で映画を観た。奈緒崎くんは『イニシェリン島の精霊』がお気に入りのようだった。なるほどな、と思う。その間、またいくつか事件があり、それでもなんとか大学を卒業した。

そして、大学を卒業した奈緒崎くんは、僕の前から本当に姿を消してしまった。

Cinema Detective
一生一会の
カーテン
レイス
Kaleido
Mystery

ミヒャエル・ハネケっていう映画監督がいる。嗄井戸がある雨の日に観せてくれた作品を作った監督だ。

ＤＶＤのジャケットがお洒落で恰好良いから、多分俺には合わない映画なんだろうなって思った。そういう映画は大抵小難しくて理屈っぽく、途中で眠くなる映画だからだ。

「寝たら起こしてあげるから、とりあえず観てみよう。ね？」

昔は映画の鑑賞中に寝たら絶交だと息巻いていた嗄井戸も、最近はかなり甘っちょろくなった。多分、そんなことをしていたら映画嫌いが増えるばかりだと気づいたのだろう。絶対怒らないの言質を得て、俺はハネケの『ファニーゲーム』を観た。

それがまあ正直とんでもない映画で、別荘にやって来た家族の元に謎の男二人組がやってきて休暇を台無しにする……っていう内容だった。とにかく理不尽で胸糞悪く、あまり好きになれない映画だった。

「眠くはならなかったでしょ」

ニヤニヤと笑いながら嗄井戸が言う。このしたり顔を見るに、嗄井戸は俺のこの反応も織り込み済みだったに違いない。

「眠くはならなかったけど、かなり嫌な気持ちになった」

「それでいいんだよ。この映画はそういう気持ちにさせるための映画だから」

「どういう意味だよ」

「暴力が嫌いな映画監督が暴力を撮ったらこうなるってことだよ」

腑に落ちたようなそうでもないような、微妙な言葉だった。確かにこの映画を観た後だと、ありとあらゆる暴力に嫌悪感を抱くような気もする。

「ハネケ監督は観客が自分で考えるところまでを含めて作品としている節があるからね。奈緒崎くんのそのモヤモヤした気持ちはある意味すごく正しいよ」

「えー……なんだよそれ、釈然としなさすぎるだろ」

「気になるなら、もう一本観ておく？」

そう言って嗄井戸が取り出してきたのは同じ監督の『ハッピーエンド』って映画で、これも面白いんだけど何とも言えない映画だった。俺は監督が何でこんな映画を撮ったのかがマジで分からない。映画って自分じゃない人生を楽しめるものだと思ってたけど、実は人生を思い切り反映するものなのか？　なんて考える。

嗄井戸は嗄井戸で俺の感想を濁らせないように気を付けながら、この映画のあのシーンが好きだとか、このシーンの撮り方がどうとか、あれこれ話している。その目がキラキラと輝いていて、あー俺、結構こいつのことを尊敬してたんだなって思った。

同じ映画を観ても、嗄井戸は俺より色んなものを感じられる。心の内側がずっと豊かだ。引きこもってる間にこいつが映画を通して世界を見られていたのは、多分感受性が鋭いからでもある。

いつも毛布を被ってぶつぶつ言ってるところばっかり見てたから気づかなかったけど、嗄井戸って普通に凄いやつだ。外に出たら、そういう嗄井戸の良さは沢山の人間に認められていくことだろう。

じゃあ俺は？　って話だ。

卒業を間近に控え、もう進路でどうこう悩んだりする時期は終わった。賞味期限切れもいいところである。

それでも俺は、まだこんなどうでもいいところで燻（くすぶ）っている。


とはいえ、卒業である。

俺は文学部ドイツ文学科の学生で、高畑教授のゼミに所属している。卒論に「何かしらの映画史」というマジで曖昧なテーマを出しても、なんとか受理してくれたありがたすぎるゼミだ。たぶんこの緩さは、教授自身があんまり学生に興味を持っていないが故だろう。

「映画史ですか……」

テーマ提出から三ヶ月後、進捗を確認する際に高畑教授はそう言って目を細めた。

「はい。ほら、ドイツって映画とか色々有名だし、ドイツの映画で生まれた技術とかも色々あるっていうし、まあ色々ドイツ文学に関係してる感じですし」

この色々の部分は嗄井戸の蘊蓄で聞いていたところだ。本気で正確に表すとこんな感じになる。

「この頃のドイツ映画っていうのは、表現主義の極北なんだ。ありとあらゆる表現が試みられていたのは、恐らく映画としての完成度と共に、瞬間瞬間で切り出されても美しい画（え）作りを意識していたからかもしれないね」

そう言って、嗄井戸は『メトロポリス』やら『吸血鬼ノスフェラトゥ』やらの映像表現について講義し始めた。俺はそれを卒論へと昇華させるべく、必死でメモを取り話を聞く。

「なんか、ドイツの映画に詳しいな、お前」

「……多分、姉の影響が大きいと思うけど……」

嗄井戸の姉は、元々英知大学の英文学科に所属していた。映画の保存を担う専門の技師――フィルムアーキビストを目指していた。その為、フィルムアーカイビングが日本よりも盛んなドイツやオーストリアに関心を持ち、留学の足がかりとしてこの学科を選んだのである。

「色々考えるのは好きなんだ。奈緒崎くんの卒論を手伝うのは正直かなり不本意だけど、……こうして勉強したことをまとめるのは楽しい」

「へー、じゃあ手伝えてよかったな」

「奈緒崎くんってなんか本当に異次元の回答を繰り出してくるんだね」

嗄井戸が呆れたように呟くのを思い出していると、高畑教授が小さく咳払いするのが聞こえた。

「私も講義で『カリガリ博士』を取り上げましたからね。ドイツ表現主義に焦点を合わせるのは良い目の付け所ですよ」

「ありがとうございます！」

「嗄井戸くんにもそう伝えておいてください」

シビアな一言を付け加えることを忘れずに、高畑教授はわざとらしく手を振った。

そうしている内に、ぎゃあぎゃあ言いながらも卒論は進んで、俺の卒業準備は着々と進んでいった。俺にとって最大の懸念事項は卒論だったので、俺はしっかりと卒業出来る手筈を整えてしまった。

矢端束は嗄井戸高久の数少ない友人の一人である。嗄井戸が引きこもっていた時はそれなりのバイト代と引き換えに家事を引き受けたり買い出しに行ったりしていた頼れるフリーエージェントだ。要領も頭も良い束は、既に英知大学に合格して、何やらよく分からない入学を遅らせる制度で留学に行ったりしているようだ。

俺は英知大学のそういう学力が必要とされる制度を全く利用したことがない。俺が無駄に払ってる学費ってこういうところで有効活用されてるんだなあと思うと、食物連鎖？　輪廻転生？　そういうものを感じる。

というわけで、お金にシビアかつ柔軟な対応力がある束を大学近くにあるカフェに呼び出し、大学生活のシミュレーションがてら相談に乗ってもらう。ここに通う大学生は大体このカフェに溜まる性質があるからな。

「映画でも作ろうと思うんだけど」

適当に頼んだコーラをストローで掻き回しながら、俺は単刀直入に言った。束は艶やかな黒髪を耳に掛け、わざとらしく眉を寄せた。

「ううーん、なかなか難しいなあ。言っておくけど、束ちゃんは映画の専門学校に通ってるわけじゃないんだよ。何か相談されてもネットの知恵袋くらいの知識しか与えられないよ。本人の含蓄によってありがたいお言葉を下賜することは出来るけども」

「何も分からない人間はどれが正しいのかも判別出来ないからな。一応俺より賢い人間の又聞きの方が信頼出来る」

「そういう謙虚さは素晴らしいね」

束は一丁前にブラックコーヒーを飲みながら言う。まあ言うてもまだ十八、十九だしな……ということで俺と同じコーラを頼もうとしたのだが、丁重に断られてしまった。

「今だとiPhoneで映画撮れたりもするんだろ？　だったらいけるのかなって。実際そういう映画もあるって聞いた」

「有名なのは『アンセイン～狂気の真実～』だね。邦題で微妙に損をしてるけど良い映画だよ。監督は『オーシャンズ11』を撮ってるし」

「マジで？　あれ好きだわ。あの映画生み出した監督なら期待出来るかもな」

「そもそも『オーシャンズ11』ってリメイクなんだけどね。元は一九六〇年の映画だから。あの監督がオーシャンズを生み出したわけじゃないよ」

「あ、それ嗄井戸も話してた気がする」

「知識が身になっていて何より。でも、iPhoneで撮影が可能っていうのは、それこそライティングとか、画角とか脚本とかがしっかりしてるのが前提だからね。TikTokのテンプレートに合わせて動画を撮るのとは訳が違うよ。そもそも奈緒崎くんって一体何が撮りたいの？」

うーん、まずいことを質問された。俺は一拍間を置いてから言う。

「撮りたいものがあるわけじゃないけど。なんか作りたいじゃん。このままだと就職先も決まってないやりたいこともないのにただ卒業するだけになっちゃうっていうか……ほら、卒業制作みたいな」

「それは映画を撮ってる場合じゃないよ。就活しなよ。仮にも英知大学の学歴持ってるのになんで就活しなかったの？　え、じゃあなんで大学行ったの？　こわ……」

「そこまで言うことないだろ……」

人生設計が俺よりちゃんとしているであろうギャップイヤー実行生に言われると、普通に心にくるや。なんで大学に入ったかなんて、そりゃあ入るのが一般的だからで……模試の成績と照らし合わせてなんとなーく行けそうな大学に出願し、適当に倍率の低い学部を選んだらドイツ文学科に入ることになり……——でも、それって後ろ指を差されるくらい希少で怠惰な例じゃないはずだ。

「ていうか、就活はしたんだよな、一応」

「嘘⁉　ほんとに⁉」

「なんか……みんなやってるっぽかったから……知り合いが受けてるとこについでに俺も応募したんだよな。なんか、広告会社のやつ。二次試験で自分達のオリジナルのすごろく作らされてダルかった覚えがある。んで最後はグループワーク？　だっけ。みんなで喋ってこう……あれするやつ」

「受かったの？」

「受かったけど……」

「わーお」

「でも通えないなって思ったんだよな。この会社とか……」

すごろくでどんな適性が見られたのかも、グループワークで俺の隠れた才能が見出されたのかもよく分からない。手応えが無かったからだ。でも、なんとなく愛想は良い方な気がするし、人と喋るのが苦じゃないから営業とかいけると思いますっていうのを五十倍くらい丁寧に言ったら、周りの反応が良かった気もする。

　でも、高畑教授が前に言っていた通りだ。俺は日常をただ生きているだけで割合綱渡りみたいなもんで、こういうことは長く続かない。

　俺なりに上手くやっているようでも、俺はいつか絵の具を全部ひっくり返して全てを駄目にしてしまうだろう。

　そういう時に、なるべく巻き込む人間を増やしたくない。同僚とか、マジで出来るのか分かんないけど部下とか、あるいは結構優しくしてくれそうな上司とか？　あんまり付き合わせちゃよくないよな。

「完ッ全に就活始めたての大学生がアイデンティティクライシスに陥るやつじゃん……。奈緒崎くん、そういうのはエントリーシートを何枚も書いているうちに克服しておくものなんだよ。自分が何を成し遂げられるかとか、どんなものを人生において堅実にやっていくかとかは、学部一年の時にやっておくべきなんだよ……。留年してたんだから、その分の時間はあったでしょ？」

「映画撮りたいって言っただけなのになんでこんなに怒られてるんだよ」

「でもなんとなく分かったよ」

　束が溜息を吐きながら視線を逸らす。その横顔はなかなか様になっていて、俺はこの瞬間をこそ撮りたいと思う。でも、iPhone だけで映画って撮れないんだって。ライティングってなんだよ。英語の授業じゃあるまいし。

「奈緒崎くんはさ、ずーっと自我が無くてなんとなく生きてて、ようやく生まれたみたいな感じなんだよね。だから、今藻掻(もが)くしかないわけ」

「そういう風にまとめられるのなんかキツいものがあるな」

「いい傾向だと思うよ。別に大学を出たらすぐに大人になれっていうのは、社会の要請であって絶対の法律なんかじゃないんだし」

　束の言葉はまるで人生を数回やり直してでもいるかのような老猾なものだ。映画好きっていうのは、他人の人生を追体験した回数が多い分、俺より視野が広くて色んなものが見えているのかもしれない。俺もそれなりに銀塩荘で映画を観たはずなのに、まだまだ分からないもの塗れだ。

「だから焦る必要は無いんじゃないかな。急に特別になんなくても平気だよ」

「でもさ、俺って多分特別だったんだよな。今までは」

　唐突な言葉に、束が少しだけ驚いた顔をする。

「その心は？」

「俺って多分、嗄井戸高久にとって特別な存在だったと思うんだわ」

　自惚れじゃなく、本気でそう口にする。

「俺が高畑教授に言われて嗄井戸のところに行かなかったら、嗄井戸は今でもあの部屋の中にいたかもしれない。外に出られない嗄井戸はどれだけ的確な推理をしても誰にも伝えられなかった。その意味で、俺は特別だったんだよ。でも、今はそうじゃないだろ」

　嗄井戸は外に出られるし、俺がいなくても事件を解決出来る。俺の特別さっていうのはその時点で無くなってしまった。

「ほら、ホームズとワトソンっているじゃん。嗄井戸高久って本来ホームズなわけだから、実際は何にもしてない俺はワトソンなんかなあって思ったんだよ。でも、俺ってワトソンなわけでもなくて。だって、あいつ医者だぞ？」

「うん、知ってるけど……」

「ワトソンって単体で結構すごいんだよ。医師免許持ってるんだもん。んで作家としても成功してて、印税が入ってて……この印税って折半なんかな？」

「折半……いや、どうだろう……六対四くらいかな……？　でも、ホームズってお兄ちゃんがすごい人なんじゃなかったっけ。お金有り余ってるかも」

「要するに、全然名探偵じゃなくてもすごいやつなわけ。だから、ホームズも他ならぬワトソンと一緒にいたんだと思うんだよ。ホームズって頭良いけど医師免許は持ってないだろ。そこで一目置いてたんじゃないか？」

「なんかその話おかしくないかな……」

「嗄井戸高久の家に行くのは俺じゃなくてもよかったわけだしな」

今までは心のどこかで、引きこもりでどこにも行けなくて、陰気で考え込みやすい嗄井戸の友達でいてやんなくちゃいけないって意識があった。それはあいつがスクリーンだけを窓にして内側に籠もる、そういう人間だったからだ。

でも、今の嗄井戸高久はそうじゃない。外にも出られるようになってきた。自分の足で歩けるし、多分その気になれば友達ももっと作れる。気になっている映画は映画館に観に行けるし、新作の感想をそこらの映画好き仲間と共有することも出来るわけだ。

だから、俺は俺じゃないといけない理由を探さなくちゃならないのだ。そもそも、何にも誇れるものが無いままワトソンでいる人生ってどうなんだ？　とも思うし。

「その流れでいくとさ……医師免許取った方がいいんじゃないって話にならないかな……」

「流石に完全に文系の人間が医師免許は取れないだろ。ここから医学部に入り直すのとかちょっと厳しいぞ」

「そう言われるとお医者さんになるより映画監督になる方がまだ可能性がありそうな気がして不思議だね」

「だろ？　それに、医者になるよか映画撮った方が嘎井戸も興味持ちそうじゃん。映画好きなんだからさ」

「もしかして、その為に最近バイト頑張ってるの？」

俺は頷く。映画がどういうプロセスを踏んで作られるものかは分からないが、何にせよ先立つものは貯めておいた方がいいと思ったのだ。

その結果、銀塩荘に帰る機会が少なくなって、新しい映画を観られないことだけは気になっている。働いてたらインプットする暇無くないか？　こういうのって、他のクリエイターはどんな風に折り合い付けてるんだろうな。

そんなことを考えていると、束がふと黙り込んだ。どうかしたかと言うより先に、束がゆっくりと口を開く。

「思ったんだけど、映画じゃなくてもいいんじゃないかな」

「映画じゃなくても……よくないだろ」

映画じゃなくても特別にはなれるかもしれないけど、嘎井戸が多分一番認めるのは映画だ。仮に俺が陶芸家になったところで、俺の作ったツボを見て嘎井戸が大喜びする気がしない。

「でもさ、奈緒崎くんが作った何かを見てほしいって相手、高久くんだよね。安っぽい創作論をかざしてクリエイターを気取るより、高久くんのことをちゃんと考えたらどうかな」

「それは――そういうことなのか？　俺って？」

「自我が赤ちゃんだなあ。少なくとも私はそう思うよ」

他人に自分の内心を仄めかされるのは正直妙な気持ちだ。まだ俺の頭が追いついていなくて、なんだか理解出来なかった映画を観ている時に似た気分になる。

「ほら、奈緒崎くんがちゃらんぽらんに遊んで帰って来る時、嫌がらせみたいに枝とか砂とか持って帰ってきたじゃん」

束が言っているのは、俺が旅行先で真剣に選んで持ち帰ってきた数々のお土産のことだ。嫌がらせなわけないだろ。嫌がらせだったら絶対あんなに取っておかないはずだ。

「でもさ、枝とか砂とかはともかく、高久くんは奈緒崎くんが撮った写真を見てる時、楽しそうだったでしょ。外に出られなかったから、外の世界っていうのがイコール奈緒崎くんだったもんね。一緒に旅行した気になれてたのかも」

「それは流石に言い過ぎだろ」

「ヒッチコックが世界各国を舞台にスケールの大きい映画を作ってたのは、あの頃の観客達がなかなか旅行に出られなかったからなんだよ。実際に現地に行って、その様子を撮影して、世界の観光地がどうなっているかを見せることで観客の歓心を買っていたわけ」

それは確かに現代には無い感覚だな、と思う。

今じゃネットで調べれば大抵の風景は見られるし、旅行のハードルだって数十年前とは比べものにならない。金持ちだけの娯楽じゃなくなったわけだ。

ヒッチコックの映画を観た時にやけに色んな場所に移動するな、と思っていたものだけれど、あれはあの場所を見せること自体が目的だったわけだ。

「だからさ、映画じゃなくていいんじゃないかな。奈緒崎くんは物語を生み出したいわけじゃないでしょ。誰かが見て、いいなぁって思ってくれるなら、映画じゃなくて写真とかでいいのかも。私も好きだよ。どこに行った時だったかな……砂浜でカニの親子が並んで歩いてるとこ撮った写真、なんでもないけど覚えてるな」

「写真か……」

写真っていうのはそもそも映画の原型みたいなものだっていうのも、嗄井戸から聞いた。何枚も何枚も写真を撮って、せっせと並べて、人間はどうにか馬が走るところを再現した。切り取られた一瞬をぐるぐると回し続け、人間の脳の錯覚で、観客の協力を得て映画を完成させたのだ。

俺はいつぞやのことを思い返す。嗄井戸に崖の写真を見せたら思いの外反応が良くて、あれこれ聞かれた。

「なんか奈緒崎くんの写真って変な画角で面白いよね。どうやって撮ってるのか分からないところが好きだよ」

「それ褒めてるのか？」

今となっては褒められていたのかもしれないと思う。写真を見ながら「映画になりそうな場所だね」と言う嗄井戸は、確かに楽しそうだった。俺はそれで、いつかその写真の場所に連れてってやりたいな、と素直に思ったのだ。

「なんかまあ……ありかもな」

「でしょ？　だったら、写真撮ろうよ写真。良いものが撮れたら見せてほしいな」

束がコーヒーカップを片手ににっこりと笑う。さっきも今も、俺はこの瞬間を切り取ってやりたいと思った。だとしたら、確かに写真でいいのかもしれない。写真を見せてこういうことがあったんだって語って聞かせてやれば、それだって立派な『映画』だ。

「なんだよ。知恵袋より全然良いじゃん」

「そりゃそうでしょ。この世のどんなインターネットサービスどころか、この世のどんな人間よりも役に立つのが束ちゃんだからね」

えへんとわざとらしく胸を張り、束が軽くウインクを決める。そして、不意に真面目な顔になった。

「本当によかったよ。高久くんとの間に何かあったんだと思ってたから」

「え？　どういう意味だそれ」

「そのままの意味だよ。奈緒崎くん、この間のホテルでの話、高久くんに話してなかったんでしょ」

束が言っているのは、俺が受けた割の良いバイトの話だ。

映画を撮るにあたっての先立つものを求めた俺は、友人から紹介された怪しいバイトを引き受けたのだ。そうしたら、そのバイトが原因でホテルに幽霊騒ぎが起き、俺と嗄井戸が同じ事件を裏と表で捜査することになったのである。結果的にお互いに引っかき回されることになってしまった。

こんな偶然あるんだなー、と、正直面白く感じたのを覚えている。

「話してなかったっていうか……別に嫌がらせで言わなかったわけじゃないしな」

「昔の奈緒崎くんだったら話してたでしょ。こんな不思議なことがあったんだけど、お前はどう思う？　って聞いてあげてたじゃない？」

「そうかな……。でも、あれこれ話してたのはあいつが引きこもってて退屈だろうなーって思ってたからで、聞かれたら話したぞ」

「自分の基準を引き上げるのはいいけど、それに人を巻き込んじゃいけないと思うな」

それを言う束は、さっきとは打って変わって冷たい目をしていた。

「一応忠告しておくんだけど、人とのコミュニケーションを怠ると取り返しのつかないことになるよ。私、奈緒崎くんが本当は何を考えてるのか知ってるから」

「え、俺って本当は何考えてんの？」

「でも、これぱっかりは自分で気づかないと仕方ないから」

束が溜息交じりに言う。答えは教えてもらえないらしい。

「とりあえず、もっと沢山映画を観て、一眼レフでも買えば？　私はカメラに強くないけど、一眼レフがそれなりにお高いことは知ってるからね。それじゃ、バイト代の方をよろしく」

最後はただのセミ大学生じゃなくフリーエージェントらしい文言で締めくくられて、俺はぐうの音も出ないままお茶代と時給分を支払う。

何をしていいかは依然分からないものの、一眼レフを目指すというところだけは決まった。こうして俺は、またもアルバイト生活に勤しむことになったのだった。

「奈緒崎って映画とか詳しいんだよね？」

そうして卒業を控えたある日、嶺岸このみにそう尋ねられた。

嶺岸このみは俺の知り合いの中では珍しい成績優秀な学生である。肩の辺りで切り揃えられた髪は少しだけ束に似ていた。目が垂れ気味なところが特徴的である。

あとは、彼女の首には横向きに走る大きな傷がある。これは十年くらい前、バイクに轢かれて出来た傷らしい。

「まあそこそこ映画は観てるけど」

俺は半分嘘を交えながら答える。そんなことを尋ねられるってことはどうせ映画関連の話をされるんだろうし、だったら最初から詳しい体にしておいた方がいい。

「あのさ、この間私の叔父さんが亡くなったんだけど……話聞いてくれない？　映画詳しい人ならどうにか出来るかもって思ったの」

「いいけど……期待ほどじゃないぞ。『スター・ウォーズ』すら全部観てないし」

「それでも、ジブリくらいしか観たことのない私より役に立つでしょ」

そう冗談めかして言った嶺岸は、以下のように語り出した。

嶺岸の叔父――善寺良行がトラックに轢かれて亡くなったのは、一ヶ月ほど前の話だという。彼は泥酔状態で真夜中に歩いていたらしく、彼を轢いたトラックですら最初は気づかなかったという。

不幸な事故ではあるが、後に遺恨の残るような死に方ではなかった。善寺には家族もおらず、嶺岸の祖母が後の処理や葬式などを手配したらしい。普通ならそこで話が終わるはずだったのだが――。

「この叔父さんがね、いわゆる映画好きだったんだよね。狭いアパートの一室を借り切って、映画のビデオテープのコレクションをしてたの。もう三十年くらい前になるんだろうけど……叔父さんが大学生の頃からって言ってたから、相当年季は入ってると思う」

その話を聞いて、俺は嗄井戸の部屋を思い出す。

嗄井戸の部屋もアパートの二階部分を丸々借り切って、壁中に棚を取り付けて映画のＤＶＤやBlu-rayディスクやら、あるいはビデオテープまでをも溜め込んでいる。

あいつの部屋の室温がやや低めに保たれているのは、それが所蔵しているビデオテープを保存するのに最適だからなんだそうだ。俺が勝手に冷房を弄ろうとした時、嗄井戸が飛びかかってきたのを思い出す。あの部屋では人間よりも映画の方が地位が高く、嗄井戸は微妙に寒い部屋で毛布を被っているのだ。

俺が掻い摘まんでその話をすると、嶺岸は楽しそうに笑った。なんでも、嶺岸も小さい頃に同じように叔父さんに怒られたことがあるらしい。

「叔父さんのコレクションはそれこそビデオテープだけだから、温度も湿度もその時はすごく気にしてたみたい。私はよく分からないから、怒られて泣いちゃってさ。そしたら叔父さんおろおろしちゃって。それが面白かったからあんまり嫌な気持ちしなかったな。でも……」

嶺岸がそこで言葉を切った。そして、大きく息を吐いて続ける。

「その部屋に、叔父さんはもう十年以上足を踏み入れてなかったんだ」

「え？　大事なコレクションなんだろ？」

「そう。でも……ある時を境に、叔父さんは部屋だけ借りてビデオテープを所蔵したまま、一切そこに立ち入らなくなったの。別のところに家を借りて……叔父さん、別にすっごいお金持ちってわけじゃないんだよ？　でも、住むところを分けてまでコレクションルームを人生から切り離したの」

それは……一体どういうことなんだ？

長い人生だ。今まで趣味としていたものに興味が無くなることはあるだろう。それに、ビデオテープは今や再生するのにそれなりの苦労をするメディアだ。コレクションとしての価値が（一般的には）下がったのは否めない。

けれど、そのコレクションを廃棄することもせず、部屋だけ借りて放っておくっていうのはあまり理解が出来ない。興味が無くなったのなら潔く処分してもいいはずなのだが……それが出来ないのがコレクターの心理なのだろうか？

そうでなくても、借りている部屋にずっと立ち入らないっていうのも不自然な気がする。映画にも年季の入ったビデオテープにも興味が持てなくなったんだとして……一応コレクションを残しておくのなら、定期的に掃除くらいには行っていいはずだろう。

そんなことを考えていると、嶺岸がずいっとスマホの画面を見せてきた。

画面には、古びたアパートの六畳程度のワンルームが映っている。

左右の壁には図書館のような大きな棚が備え付けられており、プラスチックケースに入ったものから剝き出しのものまで、大量のビデオテープが収められていた。

ベランダに出られるガラス戸はカーテンが閉め切られているものの、棚の上部にある明かり取りの窓だけはカーテンが開いており、左手に見える棚には太陽光が燦々と降り注いでいる。ガラス戸の前には、俺が小学校の頃に見た記憶のある、立方体に近い形の大きなパソコンが置かれていた。
何より特筆すべきは床かもしれない。床にも、まるで積み木のようにビデオテープが重なり合って山が出来てしまっている。嗄井戸の部屋の床もＤＶＤのケースが散らばって置かれ、あちこちで山を作っているが、ビデオテープと比べると質量が段違いだ。こういった点でも、メディアの進化に感謝せざるを得ない。

「この写真はいつ撮ったんだ？」

「これ、実は三年くらい前の地震の時なの。結構大きかったでしょ。覚えてる？」

「あー、覚えてる」

その時、嗄井戸のコレクションの一部が雪崩（なだれ）を起こして大変なことになったのだ。もう散らばったままでいいんじゃないかと言う俺に対し、嗄井戸は片付けなくちゃ駄目だと駄々をこね（元からめちゃくちゃ散らかってるくせに）束まで動員して片付けたのだった。

「叔父さんのコレクションハウスの合鍵、実はお母さんが持っててさ。叔父さんがビデオテープ集めてたのは知ってたから、倒れてるんじゃないかって心配して。本当は叔父さん自身に見に行ってって言ってたみたいなんだけど、頑（かたく）なに断られてさ」

「んでお母さんが合鍵使って勝手に娘に見に行かせたってわけか」

「うちのお母さん忙しいんだよねえ。だから見に行ったけど、棚が補強されてるからか、別に落ちてきてたりはしなかったな。床はこの状態だから、もう荒れてても仕方ないかなって」

そうして嶺岸はこの写真を母親に見せ、叔父にも送って一件落着となったらしい。叔父からの返信は「棚を弄っていないか？」の一言だけで、嶺岸が「何も触ってないよ」と返すとそれきり返信は無かったそうだ。

「交流もめっきり無いし、返信もそっけないから叔父さんとはそれっきりだったんだけど……事故で叔父さんが亡くなったんだよね。お葬式に遺品整理にってバタバタしてたの。んで、ここからちょっと恥ずかしいんだけど……叔父さんの家の掃除してる時に、お母さんが叔父さんのパソコン差して『これ貰っちゃえば』って言い出したんだよ」

「あー……なるほど」

「正直どうなのかなって思ったよ？　でもさ、叔父さんのパソコンが新型のマックだったの！　多分買って一、二年くらいの！　私のパソコンもう六年くらい使っててさ……だから、試しに起動してみたの」

「ロックは掛かってなかったのか？」

「なかった。迂闊だよねえ」

勝手に形見分けとして貰われていったパソコンの中身は、思いの外綺麗だったらしい。薄目で見たメール欄も仕事のものとＤＭが大半だったそうだ。

一方で、不可思議なものもあった。——アップロード失敗のフォルダにあった、サムネイルに叔父が映っている映像データだ。何テイクか撮り直したらしく、数秒で終わった映像データの連なりの最後に、一分程度の本テイクが残っている。

映像はどれも同じ文言から始まる。——これは遺言だ。

「え、遺言？　タイムリーすぎるだろ」

「実際は撮ってからしばらく経ってるだろうから、見つけた時期が単にタイムリーだったんだよね」

「どんな内容だったんだ?」

「話すより見てもらった方が早いかも」

そう言って、嶺岸がタブレットを取り出す。指を滑らせて件の動画を再生しようとしたところで、嶺岸が眉を寄せながら言った。

「実は……このデータ破損してたんだ。周りに頼んでどうにかバックアップして……業者には端から無理だって諦められたから、理系のこういうの強いやつに聞いてみたりとか……結局完全には無理だったけど一部は戻ったの。それがこれ」

破損しているという言葉の意味は、観始めてすぐに分かった。

明らかに画質が悪すぎる。辛うじて中年の男であることは分かるものの、顔立ちが嶺岸に似ているかどうかの判別もつかない。音声は乱れていて、冒頭の『これは遺言だ』もがびがびの声として聞こえる。

『誰がこれを見るのかは分からないが――お願いが――……――……』

遺言以降の殆どの言葉が聞き取れず、映像はただの口パクにしか見えない。時折言葉の断片が聞こえるものの、基本的にはただのノイズだ。溜息を吐いてこちらに近づき、善寺良行がカメラを止める。映像はそれで終わった。

「……遺言になってないだろ、これ」

「分かるよ。でも音声データって復元が難しいんだよね。でも私諦めきれなかったんだよね。音は駄目になってたとしても、映像は生きてるんだから、口の動きで何言ってるか分かるかもなーって」

「マジか。マジで?」

「そして、これが口の動きを元に作った母音表」

今度はタブレットに暗号みたいな表が映し出される。

これは遺言だ。誰がこれを見るのかは分からないが、おおいああ……（雑音すぎる）お願いがあう。（雑音）のおうの（雑音）はえんう……えいあういおっえいっえうえ。ずっといういあいおおおっえいあ。

テープは……おうあいいえいうい、あんあえうといいあうあう。でもいうううういあええああ（雑音）た。出来る限りあええあいあんああ。それじゃあ……これで終わりだ。

「……暗号解読無理じゃないか? これ」

「無理だと思うでしょ!? でも私結構頑張ったんだよ! ほら、これを叔父さんのことを何にも知らない人が読解しようとすると難しいかもしれないけど、叔父さんのことを知ってる私が解釈したら……ほら。この表見て、これが母音表を元に作った解読表」

これは遺言だ。誰がこれを見るのかは分からないが、このみなら……（雑音すぎる）お願いがある。（雑音）の方の（雑音）は全部……セキタツに持っていってくれ。ずっと死守したいと思っていた。

テープは……崩壊しているし、頑張れる？　と言いたくなる。でも言う勇気が出なかった。出来る限りあええあいあんああ。それじゃあ……これで終わりだ。


読み終えて、俺はまず一番気になったところを尋ねる。

「誰だよセキタツ」

「古関原日立(こせきはらひたち)っていう映画好きのおじさんみたい。私の方のアドレス帳に載ってたし、私も一回くらい叔父さんの家で会ったことがあるから、ここはほぼ確実だと思う。叔父さんってあんまり友達多い方じゃないみたいだし」

交友関係が狭いなら、コレクションを持っていってほしい相手なんて自ずと絞られてくるだろう。

「コセキハラヒタチでなんでセキタツになるんだ？　捻(ひね)りすぎだろ。おじさんどんなネーミングセンスしてるんだ」

「知らないよ。あんたの名前だって大分変じゃん」

「本名と渾名(あだな)は違うだろ」

「んで、セキタツさんに電話を掛けたんだけど……あんまり要領を得なくてさ。……どうやら叔父さん、セキタツさんにもここ十年全然連絡取ってなかったっぽくて。むしろセキタツさん、私から連絡来て迷惑そうだった。渡したいビデオの話したら、少し心当たりありそうだったんだけど……でも、タイトルが分かんないとどうしようもないって言われたの。多分そんなに興味が無いんだろうね」

嶺岸が寂しそうに言う。

「でも、一応叔父さんの最後のお願いだし、誰かが叶えてあげた方がいいんじゃないかなって。最初に言ってた『おおい』がなーんか『このみ』って聞こえる気がしてさ。このままだと全部まとめて業者に売り払っちゃうっていうから、寂しいじゃん。だから――」

「ようやく話が呑み込めたわ。要するに、その死守してほしいビデオが何かを突き止めてほしいんだな？」

先取りして言うと、嶺岸はぽかんとした顔をした。そして「そんなこと出来るの？」と言う。

「そういう話じゃないのか？」

「前置きが長くなっちゃったんだけどさ。映画好きならビデオデッキ持ってないかなって。片っ端から試したいんだけど、再生する機器がないんだよ」

＊

「なるほど、そういうわけで君がここに来てビデオデッキを求めることになったわけか」

出会った頃と似たような仏頂面を浮かべて、嗄井戸が言う。俺はうんうんと頷いて、部屋の隅に置いてあるビデオデッキを見た。銀塩荘に戻ってくるまでに相場を調べたが、アナクロな機械とは思えないくらい値段が高騰していたので正直びっくりした。

「なんと、嶺岸が例のコレクションハウスの鍵貸してくれたからさ。スムーズに試せるぞ」

束も嗄井戸とのコミュニケーションが大事だって言っていた。これなら嗄井戸とさりげなく話せるし、俺は嶺岸に頼まれたことを完遂出来る。なんと嶺岸は今回の件がすっかり済んだら報酬として残りのビデオを処分して出来たお金の半分を支払うと約束してきたのだ。これは夢がある。映画マニアだったんなら、絶対に値打ちのあるものも交じってるはずだ。

なんて捕らぬ狸の皮算用をしている間にも、嗄井戸の表情はどんどん曇っていった。何かそんなに引っかかるところがあっただろうか？　正直、俺は最近の嗄井戸の心情がよく分からないでいる。

「それさ、僕の家のビデオデッキを使っていちいちまどろっこしく確認しなくても、善寺良行さんが死守したかったビデオが何か分かればいいんだよね？」

「まあそういうことだけど……」

「じゃあ、一緒に調査に行こうよ。奈緒崎くんだけならいざ知らず、僕もついていけば確実に分かるだろうから」

随分自信に満ちた口調だった。嗄井戸らしいと言えばらしいが、なんだか微妙に虚勢を張っているようにも見える。

「じゃあ、そうだな……行くか、一緒に」

「なんか歯切れが悪くないかな？」

「いや全然、むしろ来てくれるのはありがたいっていうか……そうだな。お前なら多分ビデオそのものを見つけられるよな」

俺が素直に言うと、嗄井戸はそれでも少し笑っただけだった。

タクシーで三十分以上かけて到着した善寺良行のコレクションハウスは、びっくりするくらい銀塩荘に似ていた。アパートの外観なんてある程度決まっているとはいえ、醸し出す雰囲気がすごく近い。違うのはコレクションハウスが一階の角部屋だけであるところだろうか。

合鍵を使って中に入ると、写真とまるで変わらない風景が目に飛び込んできた。窓から差し込む陽の光の具合まで似ている。埃っぽい空気も相まって、俺はタイムスリップでもしたんじゃないかという気分にさせられた。

「へえ……これだけあると壮観だね。流石にダビングなんかが多いみたいだけど、当時の地上波放送を録画しているんだとしたら、そっちの方が貴重だ」

嗄井戸は左にある、剝き身のビデオテープを眺めながら呟く。ビデオテープの背には『七人の侍』という文字がマジックで書かれていた。もっとも、インクはすっかり色褪せてしまっているので、その下にある日付は読み取れない。

そのまま臆することなく奥に進んでいくので、俺もどんどん奥へと入っていく。写真で見たままのパソコンの前には、すっかり退色した付箋がべたべたと貼られていた。その中の一つに目が引き寄せられる。

「『十一月のやつ日立へ貸す』……へえ、あの変な渾名って最近付けられたのか」

「僕は友達が少ないから分からないんだけど、呼び名ってそんなに変化していくものなのかな」

「いちいち反応しづらい前置きを入れるなよ……うーん、下の名前で呼んでるやつに改めて渾名付けるとかはあんまり無い気するけどな。本人がよっぽど下の名前で呼ばれるのが嫌じゃなかったら……」

言いながら、そんなことは無いだろうと思う。投げっぱなしの善寺の手帳には、スケジュール欄に結構な割合で『日立』という文字が出てくる。さっき見つけたのよりももっと古い付箋もだ。その呼び名を嫌がっていたんだとしたら、もっと前に止めていただろう。

「この大事な遺言の時にいきなり呼び名を変えるというのは考えにくいよね。……もしかして、あの映像の『セキタツ』はセキタツじゃないのかも……」

嗄井戸が付箋を指先でなぞりながら言う。

「でも、あの口の感じで古関原って名前のやつがいて、映画を託す相手に指名される内容でってなったら、セキタツ以外無いだろ」

「リップシンク的には完璧だとは思う。何しろトーキー黎明（れいめい）期のアフレコ映画を浴びるほど観ていた僕が言うんだからね」

「トーキーなのにアフレコって矛盾してないか？　トーキーって役者が喋る映画だろ」

「それは録音技術が発達してからだよ。そもそも一九三〇年代の映画はアフレコが主流だからね。口の動きと録音の声が一致しないことがバレないように、顔のアップのカットは避けるようにって言われていたくらいなんだ。映画が爆発的に広まっていったのは、それが優れた娯楽だからだけじゃなく、無声であったことも大きく作用していたんだよ。何故なら、映画には言語の壁が存在しないんだからね」

そこまでまくし立ててから、嗄井戸はハッと気がついたかのように俺の方を見た。どことなく気まずそうな表情に、俺も戸惑う。

「と、ところで……日本で最初に翻訳字幕が付けられた映画ってなーんだ。一九三一年の『モロッコ』だよ。分かるはずないよねー。ははは、つまらなくてごめんね……」

「どういう自己完結ぶりだよ。どうしたお前」

「なんか……奈緒崎くんとどう会話していいのか分かんなくなって……」

「今の今まで普通に会話してたろ！」

「そうなのかな……そうかもしれないね」

そう言って、嗄井戸が再びビデオテープの山に目を向ける。

「で？　この部屋に実際来てみて何か分かったか？」

俺は話題を変えるように尋ねる。

すると嗄井戸は当たり前のような顔をして頷いた。

「そうだね。もうすっかり分かったよ。というより、嶺岸さんの解読した遺言を見れば、八割は分かるようになっていたんだ」

「嘘だろ⁉　だって、あれは殆ど情報が欠けてて――」

「『フィルムは自己破壊的だ。フィルムアーキビストの役割はそれを予測し防ぐことである』っていうオーソン・ウェルズ監督の言葉があるんだけどね」

そう言って、嗄井戸は左の棚にあるビデオテープを取り出す。その背にはやはりマジックで書かれた文字が薄く見える。でも、どんなタイトルかは分からない。

「ビデオテープも実は、物凄く自己破壊的なんだ。こんな風に日光に当てられていたら、ひとたまりもないだろうね。だから、満遍なく日光が当たっている左の棚のビデオじゃない。これはもう、死守するべきものではないだろうから」

俺は嶺岸の撮った写真を思い出す。三年前の地震の時から、カーテンは開いて左の棚のビデオは日光に晒されていた。けれど、善寺良行はカーテンを閉めるよう嶺岸に頼むこともなく、そのままにしていたのである。一年前にあの映像を撮った時点では、善寺良行は既に左の棚のビデオが日光によって駄目になっていることを知っていたはずだ。

「なるほど……じゃあ右の棚にあるものなのか」

「それでいて、左の棚にもあるものを探せばいいはずだよ。わざわざタイトルだけじゃなくて右の棚の方のって指定するんだから、両方の棚にあるタイトルだろう。更に、もう一つの条件はシリーズものであること。『〇〇』の全部って指定されているんだから……」

嗄井戸は言いながら棚を調べていく。ものの数分も経たないうちに、目当てのものが見つかった。

俺はちゃんと観たことのない作品だ。けれど、タイトルだけはなんとなく知っている。『ピンク・パンサー』って七本近く映画があるんだな。しかも、恐らくビデオテープ全盛期の時期に。

こうして俺達はものの三十分もしない間に『ピンク・パンサー』を七本全部回収して銀塩荘に戻った。スムーズに進みすぎて信じられないくらいだった。

「あとはこれを嶺岸に渡せば済むな」

「そのはずだけど……少し引っかかるんだ。なんで『ピンク・パンサー』なんだろう。個人の思い入れだとしたら与り知らないところだけど……死守……かねてからの知り合いに渡さなくちゃいけない理由……」

嗄井戸は『ピンク・パンサー』シリーズのビデオテープを見ながらじっと考え込んでいる。正直、嗄井戸が引っかかる理由も分かる。でも、故人の考えなんていくら推理したところで完全に推し量ることなんて出来ないだろう。

「ていうか、結構可愛い趣味してるよな。ピンク・パンサーってあの女子が好きなピンクのヒョウのキャラだろ？」

「あれはオープニングに出てくるキャラクターだよ……まあ、あれが単体で人気を博したから、後にアニメーションバージョンが作られるんだけど……」

そう言いながら、嗄井戸がデッキにビデオテープを入れる。十年以上放っておかれたテープなのに、引っかかることなくするっと吸い込まれていった。

「観るのか？　一応人のだぞ」

「確認だよ。……なんだろう、このテープにあの遺言、なんだか嫌な予感がするんだ」

俺は大人しくビデオデッキに繋がれた小さなモニターを見る。どのみち『ピンク・パンサー』自体にも興味があったのだ。あのピンクのキャラが出てこないピンク・パンサーが何をやるのかを知りたい。

だが、しばらく待っても一向に映像は流れなかった。目を凝らして、砂嵐の向こう側に何かが見えないかと見つめる。そうした瞬間、突然モニターに異様な映像が映し出された。

道路を横断している少年が、バスに轢かれる瞬間の映像だ。はね飛ばされた小さな身体が、バウンドして道路に転がる。事態が呑み込めていないうちに、今度は画質の粗い船が映し出された。船から一人の女性が落ちて、海面に叩きつけられる。そのまま女性は溺れていく。そうしていると、再び画面が切りかわって——

「サ、プ、ライズ、ス、ナ、ッ、フだ」

嗄井戸が苦しげな口調で言う。その単語の一部には聞き覚えがあった。

「スナッフって……スナッフフィルムなのか、これ」

スナッフフィルムというのは、人が殺されているところを収めた、極めて悪趣味な映像のことだ。だが、映画黎明期から当然のように存在し、そういった趣味嗜好を持った人間の需要を満たし続けてきたものでもある。

かつて、俺と嗄井戸が対峙した菱崖小鳩（ひしがけこばと）という男は、スナッフフィルムをこそ至高の芸術だと思っているような異常者だった。彼の言い分は、スナッフフィルムこそが長い時代を超えて視聴され得るものだから——というものだった。

実際に、今でもインターネットにしつこく残っているスナッフフィルムは何年も前から残り続けているものばかりだ。それでも、俺は作品としての映画の方がずっと長く残り、愛されるべきだと思っているけれど。それは嗄井戸も同じはずだ。

「……その名の通り、事故映像なんかで撮れた、偶発的なスナッフフィルムのことをサプライズスナッフと呼ぶんだ。こういった事故で人が死ぬ瞬間を克明に映しだしたもののことだよ。撮影者が殺人を犯しているわけじゃなく、あくまで偶発的なものだから鑑賞者の良心を刺激しない上に、流通もさせやすいんだ」

殺人が絡むスナッフよりいくらかハードルが低いのは俺にも分かる。だが、それを目的として悲劇を消費するのは——菱崖小鳩の顧客達と変わらない。

「善寺良行は大学生の頃から映画に嵌（は）まったと言っていたね。スナッフに触れたのもその時期であるとすると、しばらくその趣味を楽しんでいたと考えられる。……ビデオテープの映像は今じゃ外への移植が極めて難しい類のものになってしまった。だから、あくまで彼はこのコレクションにこだわっていたんだ」

カメラの店なんかに行けば、ビデオテープの中のデータをどうにかＤＶＤに焼いてくれるサービスがあったりなんかするが……善寺のこだわっていたデータは公の場所に出せないようなものだ。テープのまま楽しむしかない。

「でも、ある時から……十年前から、善寺良行はこの部屋に立ち入らなくなった。ということは、この悪趣味から完全に離れたんだろう。何故かは察しがつく」

「善寺良行は姪である嶺岸このみの事故を機にスナッフフィルムを卒業したのか」

「恐らくそういうことだろうね」

時期的に一致しているのなら、十分理由になり得るだろう。自分の身近な人間が恐ろしい目に遭い、善寺は『改心』したのだ。

「このビデオテープがそういった性質のものだったとすると……あの遺言自体を考え直す必要が出てくる。……自分が死んだ後に、これを託すとしたら……」

嗄井戸は手近にあった紙に、とある文言を書き付けていく。

「警察に持って行ってくれ。ずっと自首したいと思っていた。テープは……後悔しているし、考えると死にたくなる。でも死ぬ勇気が出なかった。……出来る限り耐えてはみたんだが」

これでもあの口の動きには綺麗に対応する。

善寺良行が最後に遺そうとして——そして、耐えられずに消したもの。善意から嶺岸このみが復元してしまった、叔父の秘密。

ビデオデッキの中に、フィルムの回る鈍い音が響いていた。

その後の顚末の話。

俺は嶺岸を呼び出すと、あっさりと言った。

「多分、プレミア付いてるビデオがあったから、それを譲りたかったんだと思う。けど、デッキで再生出来るか確かめたら上手くいかなかったわ」

つまらない言い訳だと俺も思う。

でも、これが一番良い結末だ。何しろ、これは嗄井戸が決めたのだから。

「どうする……？　これ」

しばらく黙っていた嗄井戸は、不意にビデオテープを取り上げると小さな声で言った。どうする、の指すところは俺でも分かる。嶺岸に真実を伝えるか、伝えないかだ。

嗄井戸は明らかに俺の表情を窺い、そこから何かしらの意思表示を読み取ろうとしていた。けど、俺は敢えて察しの悪いふりをして、嗄井戸の視線を無視する。そして言った。

「お前はどうすべきだと思う？」

「えっ……」

嗄井戸の視線が明らかに彷徨う。なんだかいきなり突き放された子供のようだった。手元のビデオテープと、自分の書いた手書きのメモを見比べ、唇を噛む。そうしてたっぷり時間が経った後、ようやく嗄井戸が言った。

「隠しておこう。これは、僕達だけの秘密に」

俺は嗄井戸の出した結論に頷いた。

「そっかぁ。叔父さん、やっぱりまだ映画好きだったんだね。でも、ちゃんと手入れしないと駄目かぁ」

そう言って、嶺岸はからっと笑ってみせた。

「でもなんかすっきりしたよ。ありがとうね奈緒崎」

「そんなお礼言われるようなことじゃ……」

「実はさ、私……叔父さんは自殺なんじゃないかってちょっと疑ってたんだよね」

「え？」

「本当のところは分からないけど。でも、貴重なビデオテープが適当に処分されたら惜しいって思うような人がさ、自分で死ぬわけないなって思えたんだよ」

嶺岸はこのまま、叔父さんが本当は何を隠したがっていたのか知らないまま生きていくんだろう。

俺が——俺達が、そう決めた。

「折角だからさ、私も映画観るようにしようかな。何かおすすめある？」

映画のことを知っているようで全然知らない俺は、この手の質問が一番苦手だ。初心者に向けて何を観せればいい？　どういうのだったら、嶺岸は続けて映画を観るようになってくれる？

考えた末に、俺は言う。

「『ピンク・パンサー』の映画版。でも俺も観たことないんだわ。どっかのタイミングで一緒に観ようぜ」

件のビデオテープは、ドラム缶に火を焚いて燃やすという、由緒正しき方法で処分することにした。燃え上がり溶けていくビデオテープを見ていると、映画の保存とはおよそ反対の光景で妙な気分になった。

「結局真実を明かさないなら、解き明かす必要も無かったのかもしれない」

横顔を火で照らしながら、嗄井戸が呟く。

「それ、暗に俺だけだったら分かんなかったって言ってるだろ。助手ハラスメントだぞ。それ」

「助手の自覚あったの？」

「確かに隠蔽したわけだけどさ。俺は真実をお前が知っておくのは良いことだと思ってる」

「どうして？」

「お前はちゃんと真実を取り扱えるやつだから」

俺が抽象的な発言をしたからか、嗄井戸はますます微妙な顔になった。そんな顔するなよ。難しい映画は解釈出来るんだから、俺の発言だって解釈出来るべきだろ。

嗄井戸は謎を解き明かして、その上で真相をどうするかを決められる探偵だ。出会ったばかりの頃なら、嗄井戸は絶対にそんなことを了承しなかっただろう。でも、今はそうじゃない。こいつは一人で物語を完結出来るやつだ。

「要するに、お前は大丈夫ってことだよ」

「何それ……むしろ僕はこの間まで全然大丈夫じゃなくて……ていうか今だって別にそんなに大丈夫じゃなくてむしろ不安な感じで……」

「お前は大学やめても立派にやっていけるよ」

「そういうことを気にしてるわけじゃないし、というかやめないから！　なんで人を退学させようとするんだよ！」

嘎井戸が白い髪を振り乱して怒るのが面白くて、俺はげらげらと笑う。それから嘎井戸は何度か口を開閉し、何か言いかけて結局やめた。今となっては、最後にちょっとくらい強引に聞き出してやればよかったなと思う。


燃え盛る炎を見ながら、俺は改めて決意をした。

俺は俺の内側から出てくる映画の感想を知りたい。

俺にもあるかもしれない、ちょっとした長所を見つけてやりたい。

だから俺は、この部屋の外に行く。嘎井戸と並んで映画を観られるような人間になる。

荷物をまとめている時に、ふと妙なことを思った。

嘎井戸が引きこもっている間は、俺も同じようにこのアパートから出ていなかったわけで、それじゃあつまり俺も同じようにここに囚(とら)われていたのかもしれない。そういうことなのか？

そうしてめでたく英知大学を卒業した翌日、俺はひっそりと旅に出た。

Cinema Detective
あい えん き えん
会縁奇縁の
リエナクト
メント
Kaleido
Mystery

一緒に観る人や時期によって映画の受け取り方がまったく違うのは、主観、内面的体験、他の観客との共有と共感が組み合わさって影響するからだ。どの境界線を越えるかによって異なる、神秘的な体験だといえる。

映画には主観と没入感が独特の方法で共存し、どちらも他人と共有される。これは他の媒体では起こり得ないことで、だからこそ映画は素晴らしいんだ。これは永遠に変わることはない。

クリストファー・ノーラン

迷路のような街を上へ上へと登っていって、一体どのくらい経っただろうか。黄色がかったアスファルトの階段を上った瞬間、急に視界が開けて、眼下にタンジェの街が広がった。

四角い建物がぽこぽこと斜めに立ち並んでいる。青が目立つカラフルな街並みは、日本じゃなかなか見られない。

ここは、かの有名な映画監督——究極のアイデアの擬人化、とも称されるクリストファー・ノーランが、あの『インセプション』を撮った場所だ。

カメラを構えて、何枚か撮ってみる。俺の撮り方が悪いのか、美しいタンジェの街はどうにも冴えないぼやけた映画セットみたいになってしまっていた。

昔、セルゲイ・エイゼンシュテインというやつが、映画を撮ることを「ショットAとショットBを組み合わせて思考Cを得る」って表現したことがあった。いわゆるモンタージュ理論ってやつだ。セルゲイの言ったことを俺なりに解釈すれば、俺の撮ったこの一枚目と四枚目の写真を並べて、間に何らかの想像の余地があったら、この二枚の写真は映画になる。この二つの間に物語が生まれる。

写真を撮り始めて思ったことは、良い写真っていうのは映画みたいな写真だってことだ。この一年で色んな人が撮った色んな写真を数え切れないくらい見て思った。見て感動する写真ってのは大体が物語を内包している。その一枚で、あるいは並んだ数枚だけで、こっちに言葉を生み出させる。

俺の写真にはそういうのが足りないんだよな、と旅の途中で知り合ったカメラマンの人に話すと、その人は「セルゲイ・エイゼンシュテインの名前がすらっと出てくるなんて、よほどの映画好きなんだな」と、全然関係ないところに感心していた。

俺は少し考えてから、口を開く。

「いや、俺は映画好きじゃないです。映画好きは家で映画観てますよ」

俺の英語が下手で珍妙な文章になったと思われたのだろう。彼に「もっと英語を勉強した方がいいぞ」と言われてしまった。異国間コミュニケーションは全く以て難しい。

丁度一年くらい前、大学を卒業した俺はそのまま海外へと飛び立った。最初は——一番言葉が通じそうなアメリカに行った。何をするかは決めてなかったけど、何でもない人間が目的をしっかり持ってる方がおかしいってことで、まずは飛ぶことにした。俺の部屋には嗄井戸が持ち込んだ映画関連のグッズやら、俺のバイトの月給くらいするクッションやらくらいしか無いから、準備は極めて楽だった。そもそも、あの部屋は引き払う必要が無いので楽である。

英知大学は留年生をなるべく増やそうと息巻いているようなスパルタ大学だが、そのお陰で俺は英語の通じる国なら何とか渡り歩けるだけの英語力を手に入れていた。あるいは、初見の映画は絶対に原語で観るべき派の嗄井戸のお陰だろうか。

そうそう、嗄井戸だ。多分今も変わらず銀塩荘に住んでいるだろうあいつの話を一応しておこう。

俺がジョン・F・ケネディ国際空港に着いた辺りで、嗄井戸からのメッセージがぽつぽつと入ってきていた。

『奈緒崎くんどこ』

『なんかさ……失踪してる？』

『え、本当にどこ行っちゃったの』

入国審査に手間取っていたのと、おろおろしている嗄井戸が面白かったのが相まって、このメッセージには返信しないで既読だけ付けておいた。最初の宿に着いた頃には、メッセージにもなんだか熱が入っていた。

『嘘だろ……なんで……』

『え？　なんで無視するの……』

『見てるのはわかってるんだけど』

『何かあった？』

『ちゃんと退去手続き必要なとこに住まわせておけばよかった！　家賃払え！』

『ごめん……何かよくわかんないけど謝るから……』

この辺りで正直可哀想になってきたので、そろそろ返信しようかと思ったのだが、安ホテルの天井を見てたら何を返せばいいのか分からなくなった。

アメリカに飛んだって言ったら、嗄井戸は絶対に理由を聞くだろう。で、俺は「なんとなく」ないし「自分探し」って妙な返答をするだろう。嗄井戸はどっちでも「はあ？」って反応をして「奈緒崎くんの〝自分〟がニューヨークにあるわけないだろ！」ってまくし立ててくるはずだ。

一番近いのは「写真を撮りたいから」なんだろうけど、写真を撮るのにわざわざアメリカまで行かなくちゃいけない理由を尋ねられると、それはそれで分からない。別に日本にいても良かっただろっていうのは、俺だって思ってる。

そんなことを考えてたら、うっかり寝てしまった。アメリカのホテルって靴脱がなくてもいいの楽だよな～とか思いながら。

で、何も考えてないししたいこともないけど、とりあえずグランドキャニオンでも目指すか、その前にニューヨークのめちゃくちゃ有名なあの通りでも見に行くか、ってしている間に、俺は普通にスリに遭った。

初めてアメリカでカメラを取り出して気を取られていたのもあるだろう。パスポートが入ってるリュックの方に意識が向いていたのもあるかもしれない。尻ポケットにスマホを入れるなっていう初歩的なアドバイスを無視していたところが致命的だったかもしれない。

気づいたらスマホが無かった。タイムズスクエアを前にああでもないこうでもないって悩んでいる場合じゃなかった。

一応警察には行ったけれど、ニューヨークに来てるだけの観光客がどこにでもあるスマホをスられたところで何かが出来るはずもない。

「ウェルカムトゥニューヨーク！」

警官がやけに明るくそう言ったので、俺はもう笑うしかなかった。確かに、これも旅の風物詩だろう。

さて、めでたく連絡手段を失ったわけだが、流石の俺もここで音信不通になるのは酷だってことくらい分かっていた。

なので、代わりに手紙を送ることにした。買い直した真っ新なスマホは当然嗄井戸とのやり取りもリセットしてしまったが、住んでたところの住所くらいは覚えている。原点回帰だ。手紙に戻ろう。っていっても、別に何かメッセージを送るわけじゃなく、代わりに撮った写真を送ることにした。現像した写真は一層なんだかつまんなく見えた。でも、何か事件に巻き込まれてるんじゃないかって思わせるよりはマシだろう。これでよし。

こうして写真を送ってみると、なんだかお土産を渡してる時みたいな気分になる。嗄井戸が棚に飾っていた砂やら枝やらは、俺があいつに外の世界を味わわせる為に持って帰ってきたものなのだが、あいつはそれをめちゃくちゃ大切にしていた。多分、それがあいつにとって世界を経験する手立てだったからだ。

俺の写真が今度はそうなってほしい、と思う。そう思いながらシャッターを切ると、結構上手く写真が撮れることに気がついた。見せる意識っていうのは重要なのかもしれない。

まあ、あいつは外に出られるようになったんだけど。それでも、アメリカに行くまでにはまだまだ時間が必要なはずだ。

そういうわけで、俺はアメリカから色んな場所を渡り歩いた。四回くらい九死に一生を得る目に遭ってからは、なんとなく世界の歩き方っていうのを学んだ。アメリカの次はカナダに行って、アメリカに戻って、よく分かんないままヨーロッパに回った。

色々行ってみて分かったことは、どんな国のどんな場所にも大抵映画が観られる場所があるってことだ。

日本で馴染み深いシネマコンプレックス型のものもあれば、名画座よろしく歴史ある建物でこぢんまりと上映しているところもあった。かと思えば小さな小屋でプロジェクターを使って野良映画館みたいなことをやっているところもあったし、イタリアでは野外で映画を上映しているのをよく見かけた。本物の『ニュー・シネマ・パラダイス』だ。

俺みたいなバリバリの外国人が行くには危なかったり躊躇われるようなところっていうのも結構あるんだけど、映画館は割と入りやすかった。よっぽど場末の多目的なところじゃなければ、人は上映される映画にしか興味を持たない。

当然ながら、海外で上映される映画に日本語字幕が付いてるものはほぼ無い。あっても英語字幕が精々だ。往年の名画らしき作品にはそれすら無い時もある。それでも、俺は適当に気負わず映画を観た。筋が分かんなくても意外と楽しめる。

かつて嗄井戸が雑談の流れで「映画評論家のロジャー・イーバートっていう人が映画の中でしか

起こらないことをまとめた『Ebert's Bigger Little Movie Glossary』っていう本があるんだけどね」と、話し出したことがある。

「映画に出てくる人間は誰もタクシーの乗車料金を払わないとか、刑事ものでの善人は禁煙しようとするとか、映画に出てくるバーテンダーは大体初登場シーンでグラスの内側を拭いてるとか、濡れた犬は大抵お高い洋服を着た人の前で体をぶるぶるするとか、悪い金持ちはオフィスに建築模型を置いているとか、映画の中で出てくるテレビ番組は漏れなく最悪につまんないとか」

「それ偏見だろ」

「偏見でありクリシェでもある。映画っていうのは歴史の積み重ねも文脈に組み込める。それが面白い」

その時はピンとこなかったものの、こうして微妙に言葉が分からない状況で観ると、そのお約束に内容の理解を助けられることがあった。一体何が役に立つか分からない。ああして映画を観た時間の全てがこの旅を助けてくれているような気がして、俺は出来合いの感傷に浸る。

一頻り(ひとしき)タンジェの街並みを撮った後は、またゆっくり下って中心地に戻る。人通りが多くなってきたなと思ったその時、見知らぬおじさんに話しかけられた。

「お前、日本人か?」

フランス語だ。モロッコは主にアラビア語とベルベル語、北部ではスペイン語、それにフランス語と四つの言語が用いられている。それを知った俺は、モロッコを訪れる前に必死でフランス語を勉強したのだが、日常会話がようやっとってところだ。

「そうだけど」

たどたどしいフランス語で返すと、おじさんは嬉しそうに笑って俺のことを手招きした。怪しい客引きか？　と思ったが、おじさんがあまりに嬉しそうなので大人しくついていく。

おじさんはすいすいと歩いて、タンジェの中心地まで俺を導いていく。いよいよ首を傾げたところで、おじさんがこの街でも一際デカいホテルを指差した。

「あそこがお前の探してるエル・ミンザ・ホテルだ」

俺はぽかんと口を開け、高級ホテルとおじさんの顔を見比べる。

「なんで俺があのホテルを探してると？」

「日本人は映画好きだ。映画好きの日本人は『カサブランカ』の舞台を見にこの国にくる。そうだろ？」

そう言われて背中を叩かれる。なるほど、そういうことだったのか。俺は素直にお礼を言って、チョコレートの箱みたいな白くて洒落たホテルに向かっていく。近くに寄っただけで威圧感に怯むような、正真正銘の五つ星ホテルだ。

生憎(あいにく)俺は『カサブランカ』を観たことがない。もしその映画を観ていたら、このホテルをもっと楽しむことが出来ていただろう。そう思うと、世界を見て回る前に映画をもっと観ておくべきだったなと思う。この広い世界は映画の撮影場所と元ネタに溢れている。

色々と行ってみて分かったことの二つ目は、この世界で映画が撮られていない場所なんて殆どないってことだ。

その中でもこのモロッコはすごい。映画ロケ大国である。

映画博物館なんてものまであるワルザザートには、世界最大級の映画スタジオがある。『スター・ウォーズ』や『ハムナプトラ』やらの有名な映画にここで撮影されたシーンがある。世界遺産でもあるアイト・ベン・ハッドゥには、美しい城塞が広がっていて、ここでもまた沢山の映画が撮られた。

モロッコを目指したのは、やっぱり映画が理由だった。この美しい風景を見て、人間が映画を撮る理由の一端が理解出来たような気がした。

モロッコといえば、かの有名なサハラ砂漠の玄関口である。せっかくなので砂漠の近くの村に滞在出来ないかって尋ねたら、観光客を受け容れているという村を紹介してもらった。色鮮やかな黄色いバスに乗って三時間ほど行くと、みるみるうちに広大な砂漠に取り囲まれていった。

紹介された村は百人ほどの人が暮らしているらしく、テントと薄黄色の住宅が組み合わされて配置されていた。モロッコでは地区によって外壁の色が定められているようで、街や村の境が分かりやすくなっているのだが、その仕組みは景観の良さにも一役買っている。

差し当たって近くを歩いてるおじさんに「えー……この村に泊まれる場所があるって聞いたんですけど」と話しかけてみる。すると、おじさんは満面の笑みを浮かべて言った。

「それならラフィクのところに行くといい。無料で泊まらせてくれるぞ」

ラフィクはこの村を仕切っている気の良いおじちゃんで、その声は辺り一帯に響くんじゃないかってくらい、めちゃくちゃ通る。んで、おしゃべり好きだ。豊かに生えた顎髭の間から早口でまくし立てられるが、俺のフランス語力ではどんどん聞き取れなくなっていく。それでも俺が相槌を打ってるだけで楽しそうにしてくれるんだから、お得な気分になる。最終的に、日割りの宿泊費をなんとか受け取ってもらうことに成功した。ラフィクからしたら、それすら不本意な話であるらしいのだが。

「ナオキもモロッコに住むといい」

からからと笑いながら、ラフィクとその親類達が笑う。俺の名前はナオキではなくナオサキなのだが、そんなことは些細なことだ。

「ファリダ！」

ラフィクが名前を呼び、アラビア語で何かを言う。案内しろ？　とか、出てこいとか、そういう意味だろうか？　すると、部屋の奥からひょっこりと小さな女の子が出てきた。真っピンクの鮮やかなワンピースを着た、目のぱっちりした子だ。

「ファリダは俺の娘だ。八つになったところだ。可愛いだろう？　ファリダ、挨拶をするんだ」

「…………こんにちは」

ファリダはフランス語で言って、恥ずかしそうに俺を見る。

こんな小さな子でもアラビア語とフランス語が喋れるということに驚く。俺は一体大学で何をしてたんだろう？

「ナオキを部屋に案内してやれ」

ファリダは頷き、俺のことを手招きした。

「ここ、使って」

ファリダに案内されたのは、モロッコらしい色鮮やかなカーペットと、これまたカラフルなカバーの掛けられたお洒落なベッドのある部屋だった。中もカラフルでかっこいいな、と思うと同時に、とある違和感に気づく。

部屋の中には明らかに誰かの生活の痕跡があった。スーツケースに、散らばった服。それに、壁に貼られた写真。ラフィクやファリダの他に、人懐っこそうな顔をした金髪の青年が写っている。歳の頃は俺のちょい上くらいだろうか？

「これ、明らかに誰かの部屋っぽいんだけど……」

思わず漏れた日本語の呟きに、ファリダが訝しげな目を向ける。慌てて、たどたどしいフランス語で返す。

「この部屋、使ってる人いない？」

今度は通じたのか、ファリダは壁の写真に近づいていくと、金髪の青年を指差した。

「ヴァンサン。もういない」


ラフィクの元に戻って、改めて話を聞いた。

ヴァンサンは、長いこと村に滞在しているフランス人の青年であるらしい。彼は元々映画監督志望で、映画ロケ大国のモロッコに自分の作品を撮りに来たんだそうだ。

それが、なんとなく各地を撮っている間にすっかりモロッコに馴染んでしまって、今や普通に村で暮らしているらしい。ビザが切れるまでに映画が撮り終わるか怪しいものだと、周りの人達はからかい交じりにせっついているんだそうだ。

でもまあ、何がしたいかもよく分からないままこんな遠い国まで来てる俺よりはヴァンサンの方が上等だろう。

「じゃあれって……ヴァンサンの部屋なわけですよね？　俺が使って大丈夫なんですか？」

「問題無い。……というか、あるのかも分からん。一週間前、ヴァンサンが行方不明になった」

「行方不明……？」

俺のフランス語が下手すぎて聞き違いをしたのかと思ったが、どうやらそうではないらしかった。

ラフィクは厳しい顔をしながら頷く。

「村の連中はヴァンサンのことをみんな頼りにしてたんだ。若いし、体力あるしな。けど、ちょっとしたお使いを任せたヴァンサンがいなくなった」

ヴァンサンはここからバイクで二時間くらいのところにあるテントに、とある荷物を運びに行く仕事を請け負った。そして、

「砂漠って……普通に迷うやつでしょ」

「ナオキはガイド付きで砂漠を渡ってきたんじゃないのか？」

言われて、なるほどと思う。

「砂丘を読めば向かう場所がわかる。目印だらけだ。だから、ヴァンサンが大丈夫と言った時も、大丈夫だと思った」

ヴァンサンはここでの暮らしに慣れて慢心したのだろう。彼は荷物を受け取り、クワッドバイクという四輪のバイクに乗って出発した。

だが、ヴァンサンは戻ってこなかった。テントの人達に尋ねても、ヴァンサンはここには来ていないと言う。すぐさまヴァンサンの捜索が行われた。だが、見つかったのは壊れたクワッドバイク

だけだった。ヴァンサンだけがどこにもいない。

「最初は、砂漠で死んだのかと思った。でも、死体すら見つからないのはおかしい。ヴァンサンは生きている、そんな気がしてならない。バイクには荷物が残されていなかったから、どこかに移動したんだろうが」

「なるほど……」

俺はしばし考え込む。

もしヴァンサンが無事であるなら、すぐに村に戻ってなくちゃおかしい。ヴァンサンの人となりをちゃんと知っているわけじゃないが、村の人達の話を聞く限り良い奴そうだ。無意味に人を心配させる人間じゃないだろう。

「砂漠って遭難してもすぐには死んだりしないですよね？」

「備えがあればな。今の時期、砂漠じゃ夜はかなり冷え込む。凌げる寒さかどうか……」

じゃあ、ヴァンサンはやっぱり死んでいるんだろうか？　でも、あちこち探し回って死体が見つからないのはなんでだ？　この広い砂漠で見落としてるだけなのか？

そもそも、荷物がクワッドバイクに残されていないのも妙だ。もし助けを求めに彷徨ったのだとしても、荷物は置いていくんじゃないか？　まさか、遭難しているにもかかわらず使命感に駆られて荷物を持っていったってわけじゃないだろう。

そこでふと、大事なことを聞いていないことに気がついた。

「その荷物の中身って何なんですか？」

「映画のフィルムだ」

想像もしていないような意外なものだった。

「長いこと俺の家の地下の倉庫にしまってあったものでな。古く、貴重なものだった。俺の祖父のそのまた上の親父が残したものだ。キャンプで上映するつもりだった」

「遭難してる時に持って行けるくらいのものですか？」

「いや。かなり重い。三リールほどあった。熱くならないように専用の容れ物に入れて――更にケースに入れて、ああ、そうだ。ケースは残っていた。ヴァンサンが持って行ったとしたら、フィルムだけだな」

それを聞いた俺は、思わず表情を曇らせた。数十年前の古い貴重なフィルム。消えたヴァンサン。もしそのフィルムの価値に気がついたヴァンサンが良からぬことを考えたんだとしたら――。

「どうしたナオキ。何か思いついたのか」

俺はポーカーフェイスも出来ない、探偵には程遠い男だ。俺は少し躊躇ってから、おずおずと切り出す。

「……その貴重なフィルムを、ヴァンサンが盗んだ可能性はあるか？」

「ああ？」

「ヴァンサンは、誰かと組んでフィルムを盗んだ。だとしたら、ヴァンサンが帰ってこない理由も、ヴァンサン自体がいない理由も説明がつくだろ」

それを言い終えるか終えないかのうちに、ラフィクは大声で笑い始めた。

「それは流石に見当違いだ。日本人」

「でも貴重なものなんだろ？　昔の映画フィルムに金を出したいって奴はごまんといる」

「古いは古いが、貴重なのは俺達にだけだろう」

そう言って、ラフィクはまたにやりと笑った。

「その昔の昔、ここに映画の撮影をしに来た奴らがいたんだ。丁度『カサブランカ』が流行っていたから便乗しようって思ったんだろう。けど、結局上手くいかなくてな。大部分が駄目になった。けど、俺のじいちゃんの親父の友達が、そのフィルムを譲ってくれるように言ったんだ。村の奴らがエキストラとして映ってたからな。豪華なホームムービーだったってわけだ」

それで合点がいった。ここはその昔から映画大国だ。その頃から、この村の人間は映画に親しみ、共にあったということだろう。件のフィルムはワルザザート映画博物館に寄贈する話もあったらしいが——結局は村のものとして大切に持っておくことになったようだ。

「世界最大のスタジオ、アトラスフィルムは勿論誇りだが、それ以外も立派なスタジオだ」

俺は真面目な顔で頷く。フィルムが貴重なのは間違い無いが、それが『2001年宇宙の旅』のフィルムと同じような価値がつくものではないことも分かった。だとすると、ヴァンサンが映画フィルムを盗んだって推理は恥ずかしいくらい的外れだってことが分かる。

もしそのフィルムが大事なものだという認識があったとしたら——ヴァンサンは、遭難の最中であってもフィルムを守ろうと運び出したのかもしれない。俺の杜撰な推理で会ったこともないヴァンサンを傷つけてしまったような気がして正直落ち込む。俺はやっぱり探偵には向いていないらしい。

「……その、ヴァンサンが早く見つかるといいですね」

名探偵じゃない俺は、そう言ってすごすごと引き下がる。ここに嗄井戸がいたら、快刀乱麻の推理でヴァンサンの行方を言い当てていたりしたんだろうか？　いや、あいつは頭が良いだけでいなくなった人間のことをズバッと当てられるような霊感は無い。てことは、ここではあいつにも出来ることが何も無い？　どうするんだろう。

思えば、俺の旅にはいつもあいつがいた。何かを見る度に、何かを撮る度に、あいつならどうするだろうか、どう思うだろうかと考え続けた。タンジェで写真を送った。あいつならきっとクリストファー・ノーランを思い出して嬉しくなるだろうから。

そういう意味でも、俺は嗄井戸とずっと一緒にいたのである。

俺はどこにでもいるような普通のやつだけど、映画マニアで頭の切れる、多分めちゃくちゃ感受性が豊かなあいつなら、俺に見えないものが見えるんじゃないかって気がして。そう思うと、なんか笑いそうになった。こういう感じの二人旅もありだよなあって感じで。

俺は今、この一年で一番嗄井戸に会いたいのだが、それはやっぱり、あいつが名探偵だからなんだろうか？　ヴァンサンにまつわる不可解な謎を解いてほしいとか？　それで、何があったのか理解してすっきりしたい？

そういうわけでもないな、と思う。

俺はこういう訳の分かんない謎に遭遇した時に、嗄井戸に話を聞いてほしいのだ。あいつがそれについてどんな反応をして、どんな感想を抱くのかが知りたい。推理なんて二の次だ。あいつの感想や反応の一部に、聡い頭から出てきた推理が付随してるだけで。

俺はあいつと謎についての話をしているだけで、割と楽しかった。それは、嗄井戸からしか出てこない考えで、言葉だったから。

これってもしかして、あいつが映画を観せてくるのと同じなのか？　と、俺は遠く離れた異国に来てようやく気づく。だとしたら、俺も映画を観てあれこれ言っているだけで、嗄井戸の糧になっていたのかもしれない。なんて、それは流石に自己評価が高すぎるだろうか？

俺はふと、幽霊ホテルでの一件を思い出した。あの時ももしかして、ちゃんと嗄井戸に話すべきだったんじゃないか？　昔ならそうしていたのに、どうして俺は話さなかったんだろう。それは俺が、あいつを名探偵の枠に押し込めすぎたからなのか？

俺は部屋に戻り、とりあえずベッドに座った。さっきの話を聞いてしまったので、正直ここでゆっくりくつろぐ気にはなれなかった。今にもヴァンサンがひょっこり戻ってくるかもしれないのだ。というか、そうなったら俺はどこの部屋に泊まることに……。

ぼんやり壁の写真を見ていると、視線を感じた。開けっぱなしのドアの隙間から、ファリダがじっと見つめている。

「どうした？」

俺が尋ねると、ファリダは物凄い勢いで首を横に振った。聞き方が間違っていたのかもしれない。逃げられるかと思ったのだが、ファリダはそろそろと部屋の中に入ってきた。ヴァンサンとの交流で、俺みたいな外国人への警戒心が薄れているのかもしれなかった。そうだとしたら、ファリダはよっぽどヴァンサンと仲が良かったのかもしれない。

「ナオキは何しに来た？」

ファリダはじっと俺のことを見つめていたが、ややあってゆっくりと口を開いた。

「何しに……うーん、写真撮りに来たかな」

ファリダ相手に見栄を張っても仕方ないので、素直に言う。

「どうして映画じゃない？」

おっと、子供のくせに鋭い質問をしてくるな。うーん、これ、なんて答えるべきなんだ？　――俺も最初は映画を撮るつもりだったんだけど、どっちかっていうと写真の方が向いてるっていうか、消去法みたいなもんだけど。でも、この旅で、嗄井戸高久に百何十枚も写真を送って、なんかちょっとその楽しさに目覚めてきたところがあるんだよな。

複雑すぎる事情を説明するのを諦め、俺は大人特有の誤魔化し方をすることにした。

「ファリダは映画が好きなのか？」

「好き」

流石は子供だ。あっさりと矛先が逸れた。子供の素直さに内心でニヤリとしていると、ファリダはさっきより少し高揚した顔で言った。

「タンジェで映画を観る。ここでも野外映画がある」

「ああ、俺もタンジェ行ったよ。綺麗でお洒落な映画館だよな。好きな映画は？」

「ミニオン」と、ファリダが笑顔で言う。

「あー、なるほど。でも、普通に宮﨑駿の新作とかもやってたもんな……。うん、俺ミニオン見たことないけどいいよな。色が派手で」

映画の話で笑顔になったファリダが、ハッと何かを思い出したように暗い顔になった。視線は壁に貼られた写真に向けられている。

ファリダは、ヴァンサンのことを気にしているのだ。

「ヴァンサンは映画好きだったから、映画の話を沢山した。なのに、ヴァンサンは帰ってこなかった。ちゃんと帰ってくるって言ったのに」

今にも泣きそうな顔で呟くファリダを見て、胸が締め付けられる。こんな小さい子に、懐いていた相手は死んだかもしれないなんて誰が言えるだろう？　でも、いつかはファリダ自身も気づくことだ。じゃあ、何の力も無い俺は、ファリダに何がしてやれるんだ？

話すことが決まらないまま、俺は目線を合わせて目の前の少女に言った。

「ファリダ、ヴァンサンは――」

「ヴァンサンは、キャンプにいる」

え、と思わず間抜けな声が出た。また、フランス語が分からないが故の何かの誤解か？　けど、ファリダはもう一度はっきりとした発音で繰り返した。ヴァンサンはキャンプにいる。

「キャンプって……どこのキャンプだ？」

「砂漠で撮影してる、映画のキャンプ。見た。砂漠で撮影してるけど、タンジェにも来てて、ヴァンサンが手伝ってた」

なるほど。モロッコにいる間に映画の撮影隊は何組もいた。その内の一つが砂漠にいて――ヴァンサンがそこにいる？　どういうことだ？

「ヴァンサンを見たの。顔が隠れてたけど、ヴァンサンだった。ヴァンサン、私に気づいてたのに、無視した。逃げた。無視したから、言えなかった」

「じゃあ、ヴァンサンは無事で――どっかの撮影隊の中にいるってことか」

ファリダは見るからに賢そうな子だ。思い違いをしているようには見えないし、これだけはっきり言っているのだから確かなのだろう。だとすると、嬉しいことにヴァンサンは無事だということになる。

けど、そこで疑問が生じる。遭難した上にバイクの故障で動けなくなったヴァンサンが、何らかのきっかけで撮影隊と合流した――助けられた？　んだとしよう。どうしてラフィク達のところに戻らないんだ？　ファリダを見つけて逃げたというのもおかしい。ファリダがヴァンサンのことを心配していることくらい分かるだろうに。

それに、フィルムの問題もある。ヴァンサンは撮影隊のところにフィルムを持って行ったのか？　助けてもらったお礼として渡した――とはいえ、あれの中身は没になった映画で、殆ど豪華なホームビデオみたいなものだ。古いフィルム自体が珍しいってわけでもない。あるところにはある。じゃあどうして――。

「ヴァンサンは、ここに戻ってきたくないんだ」

ファリダが声を震わせた。

ファリダが俺にこの話をした理由が、ようやく分かった。

ラフィク達には言えないと思ったのだ。ヴァンサンが自分を無視したということは――自分達の村に帰る気が無いということだから。

それを聞いたラフィクは悲しむだろう。そう思ったから、無視されて傷ついたこと、生きているヴァンサンを見つけてしまったことを――言えなかった。抱え込んでいた。何も事情を知らない俺に、吐き出すしかなかった。

ファリダはいよいよ目に涙を浮かべていた。こぼれ落ちた雫（しずく）が、ぼとぼととピンク色のワンピースに染みていく。

「ヴァンサン、なんでファリダのこと嫌いになったのかな。映画の話、沢山してたのに」

「き……嫌いになったわけじゃないと思う、というか……何か事情があったんじゃないか？　ほら、戻りたいけど戻れない事情って、色々あるだろ？」

「何？」

ファリダからの容赦無い質問が飛んでくる。この悲しい状況において矛先は俺に向かっているようで、ファリダの目は完全に怒りに満ちていた。そんなこと言われても納得出来ないよな。分かる。クソ、これは完全に名探偵の領分だ。不可解なヴァンサンの行動。ファリダが悲しまなくちゃいけなかった理由。それを解き明かすのは探偵であるべきだ。やっぱりここに嗄井戸がいてくれたら。少なくとも、ファリダを泣かせずに済んだはずだ。

「ファリダ！　ヴァンサンが出発する時——何か変わったことはなかったか？」

「変わったこと……」

嗄井戸が必要な場面でも、嗄井戸はここにいない。なら、俺がやるしかない。ショットAとショットBの間にあったことを見つけろ。世の中の大体のことは映画で説明がつく。

「変わったこと……無いよ。ヴァンサンが煙草(たばこ)を吸おうとして、お父さんがそろそろ禁煙しろって言って、でもヴァンサンは俺はフランスの人間だからって……」

「はー、お父さんは禁煙派なんだな」

「この辺りの人は吸わない」

へえ、宗教的にそうなのかな。なるほど。

……で、何が分かるのかっていうと、何も思いつかない。ヴァンサンは煙草をやめられないって
ことが、一体何に繋がってるんだ？
「ヴァンサンって煙草好きなのか？」
「村では吸わないけど、砂漠でたまに吸ってるみたい」
「開放感ありそうだな」と、フランス語での開放感が分かんなかったので日本語で言う。
……じゃあ、ヴァンサンは砂漠で煙草を吸うのが好きで？　うーん、意味無さそうだな。だった
ら煙草の代わりにコンパスとか持って行った方が良かったんじゃないだろうか。ヴァンサンは砂漠
を舐めすぎだ。
なんだろう。頭に何か引っかかる。煙草。……これ、なんか前にも同じことがなかったか？　単
なるデジャヴなのか？　いや違う、そもそも煙草じゃなくて——。
その瞬間、俺の中にとある二番煎じのひらめきが浮かんだ。
俺は名探偵じゃないし、推理なんて出来ない。けど、俺の隣にはいつも名探偵がいた。今も、頭
の片隅にその存在がある。

翌日、俺はラフィクとファリダと一緒に、バギーで砂漠を横断した。向かう先は、西の村の近く
で撮影をしているクルー達のキャンプだ。四十分ほどすると、大勢の人が集まっている場所が見え
てきた。色とりどりのテントがテーマパークのように立ち並んでいる。
どんなシーンを撮影しているのか分からないが、現場は楽しそうに沸き立っていた。俺達はバギ
ーを降り、目当ての人物を探す。一際必死に探していたファリダが、大声を上げた。

「ヴァンサン！」

名前を呼ばれた男がびくりとして振り返る。

写真に写っていたあのヴァンサンだった。ファリダに声を掛けられていよいよ観念したらしく、ヴァンサンがこの世の終わりのような顔をしてこちらへやって来る。

「ヴァンサン、無事だったならどうして戻って来なかったんだ？　みんな心配していたんだぞ！」

ラフィクが例のよく通る声で言った。ヴァンサンは青い顔をして、ぶるぶると震えている。そんなヴァンサンを落ち着かせるように、ラフィクが言った。

「フィルムのことならもう気にしなくていい。あのフィルムよりも、お前の方が大切だ。映画で命を守ることが出来たなら、それでもう十分だろう」

ヴァンサンの顔が驚きの色に染まった。

「どうしてそれを……」

「お前と同じ、映画好きの名推理だ」

言われて、俺はどうにも居心地が悪くなる。俺は他人に認められるような映画好きでもなければ、名探偵でもないからだ。探偵は日本で映画観てるよ、多分。今日も。

ファリダの話を聞いた俺は、彼女の了承を得てからラフィクに詳細を話した。ファリダの恐れていた通り、ラフィクは「ヴァンサンは自らの意思で俺達の元を離れたってことなのか？」と顔を顰めた。俺は慌てて言う。

「でも、それは何かしらやむを得ない事情があったんじゃないかと思うんだ」

「やむを得ない事情？　一体何だ」

「ヴァンサンが生きていると仮定しておこう。問題は生存した彼が何故戻って来ないかの前の段階、どうやってヴァンサンが生き延びたのかの部分だ。そうだろ、砂漠の気温は一桁だし、バイクは燃料切れだしさ」

スマホによる翻訳を頼りにしながらの、たどたどしいフランス語だった。けれど、ラフィクは俺の言葉に真剣に耳を傾けてくれていた。

「多分、そこに鍵がある。ヴァンサンは暖を取る必要があった。でも、薪（たきぎ）にするものが見当たらなかった。周りは一面砂ばかりだし、衣服を燃やすわけにもいかない。でも、薪よりもずっと簡単に、しかも長く燃え続けるものがあった。——ラフィク達から預かったフィルムだ」

ラフィク達の言が正しければ、フィルムは相当に古い物だ。それこそ、自然発火や引火の危険性のあるニトレートフィルムの時代のものだ。普段は地下の倉庫で日光に当たらないよう管理していたというから、まず間違いない。ケースで密閉していたのは、空気に触れさせないようにして発火を防いでいたからだろう。

さて、ニトレートフィルムを運んでいたヴァンサンは、砂漠でうっかり迷子になってしまう。その内に日が暮れ、闇雲に進んでいる内にバイクが故障かガス欠で動けなくなった。ヴァンサンは酷い恐怖に晒されたはずだ。ヴァンサンが迷子になった夜は、星も月も出ていなかったのかもしれない。四方を囲む暗闇の中で、ヴァンサンはふとあることを思いつく。ヴァンサンは喫煙者で、ライターを持っていた。運んでいるのは、よく燃えて火の消えづらいニトレートフィルムだ。

ヴァンサンは恐らく、リールからフィルムを外し始めた。そして——。

「僕は……優しい言葉をかけてもらう資格なんかない！　みんなが……ファリダが心配していることは分かっていたのに、どうしても戻ることが出来なかった！　僕はパニックになって、一番やってはいけないことをした！」

「そうじゃない。お前は最適なことをした。ここの撮影班に見つけてもらえたのは、遠くから燃える火を見たからだろう。フィルムの火は独特の光を放つ。そうしてお前は見事助かったわけだ」

ヴァンサンがゆっくりと頷いた。ヴァンサンのやったことは、彼の暖を取ることと救難信号、両方の役割を果たしたわけだ。

罪の意識に苛まれたヴァンサンは、撮影クルー達に救助された後も村には戻れず、頼み込んでそこに居させてもらうことにしたのだそうだ。ただでさえ人手不足の撮影現場は、ヴァンサンの頼みを快く受け容れた。そして、今に至る。

「あれは……大切なフィルムだった。もう取り戻すことが出来ない。この世に二つとない、取り返しのつかないものだった！　僕が妙な真似をしなければ、フィルムは無事だった！」

「その間にお前が死んだらどうする？　それこそ取り返しがつかない。なあ、村の連中はみんな映画好きだが、フィルムとお前の命、どっちを選ぶかは言うまでもない」

「帰ろう、ヴァンサン」

ファリダが言い、ヴァンサンが頷く。聞けば、焼いてしまったフィルムは一リールだけで、残りの二リールは無事であるそうだ。命も助かり、フィルムだって全部駄目になったわけじゃない。ラフィクの言う通り、最適だ。

よかったよかったと三人を見つめていると、ラフィクが満面の笑みで俺を振り返った。

「ナオキ、まったくお前は頭の切れるやつだな」

せっかく褒めてもらったものの、流石にそれは言いすぎだ。俺は謹んで訂正する。

「いや、俺の頭がいいわけじゃない。これ、再演なんだ」

リエナクトメント、という単語に、ラフィクがぽかんとした顔をする。ラフィクには意味が分からないだろう。これは、俺の——、いや、俺と嗄井戸の、極めて個人的な思い出だからだ。最初の、奇縁の出会いの記憶。

英知大学で留年の瀬戸際に立っていた俺は、担当の教授に「休学中の学生を大学に連れ戻したら救済措置を講じる」という条件を出され、その引きこもりの学生に会いに行った。

昏い部屋で俺を待っていたのは、偏屈で寂しがりの映画マニアだった。そこで知り合った俺達は、パラダイス座という名画座にまつわる奇妙な殺人事件に巻き込まれた。正確には、巻き込まれに行った。

そこで用いられた凶器が、今回と同じニトレートフィルムだった。

映画の知識のある人間を殺す為だけの発火装置。燃えやすく、それでいて火の消えにくいフィルム。それでも、素晴らしい映像と物語を孕んでいるが故に、使われ続けていたもの。

嗄井戸がそれを見破り、犯人は捕まった。誰からも愛されている映画のフィルムを凶器に用いたことを、嗄井戸だけが見抜けた。今回はさながら、あの時とは逆パターンだ。フィルムに関する知識のある人間が、命を繋ぐ為に用いたわけだが。

俺は今回も、嗄井戸の推理を借りただけだ。俺自身は何もしていない。

けれど、俺が嗄井戸から引き受けた推理が、この遠い場所でヴァンサンが戻ってくるきっかけになったのだとしたら、それが嬉しくてたまらない。


せっかくなので、俺はそこのクルーキャンプに残って映画を観せてもらうことにした。テントは余っているから大歓迎だ、と言われて温かい気持ちになる。ここらの人はみんな、旅人に優しい。

五十人くらい入れそうな大きなテントの中で、板みたいなスクリーンを使っての上映が始まった。映画が始まる時には拍手が巻き起こった。それだけじゃなく、映画が始まってからも観ている人達があれこれ喋っている。普通のシネコンならあんまり嬉しくない状況だが、この場ではそれが相応しかった。誰もが映画の中に入り込み、自分の感想をああでもないこうでもないと話しているのだろう。

こんなに良いムードなのに、俺は一人孤独感を味わっていた。

字幕がフランス語だったからだ。

大きな街の映画館なら英語字幕の上映を選ぶことも出来たのだが、これはあくまで身内の上映会である。むしろ、フランス語字幕を出してもらえてるのが俺やヴァンサンへの配慮なんだろう。けど、悲しいかな、台詞のニュアンスを生かしているのだろうフランス語字幕は、俺のフランス語力では全く太刀打ち出来なかった。

これはどんな映画なんだろうか？　なんか、見たところハリウッド映画っぽいけど、俺は役者に詳しくないからそれ以上のことがわかんない。どこかで見た顔なんだけどな。

言葉がわかんなくても、父親に置いていかれる娘の姿だけで泣ける部分はあった。娘が泣いていても、この父親は宇宙に旅に出なくちゃいけないらしい。色々あるんだろうな。俺も似たような境遇だから分かる分かる。

音も無くテントの入口が開いたのは、その時だった。

その男は、ごく自然にテントの中に入ってきた。息を潜めるのに慣れすぎて、こんな場所でも抜群のステルス性能を発揮している。その上、映画を観ながらみんながあれこれ話しているお陰で、物音すら聞こえない。

男は何も言わずに俺の隣に座った。随分前よりそこはこいつ専用の席になっていたから、俺は旅先の映画館で、誰かが隣に座ってこなかったのはこれが理由だったのかと腑に落ちた。

「なんだっけ、ロジャーなんとかって人の映画にしか起こらないことの話」

「ロジャー・イーバートの映画のクリシェだね。覚えてるとは思わなかった」

フードを脱ぐと、何だか懐かしい白い髪が露わになった。一年ぶりに見たそれは、画面と馴染まない白飛びみたいに鮮やかだった。前より健康的な顔つきをしていると思うのは、俺の贔屓目だった。

「あれに加えるべきだよな。異国の地での知り合いとの再会」

「偶然の再会については言及があった覚えがあるけれど。親友との再会にしてくれないかな。それでもクリシェ染みてるか」

久しぶりの再会なのに、やけに刺々しい口調だった。相変わらず、非日常的なくらい綺麗な顔をしている。だが、俺にとってはこれが日常の象徴だ。夢と現実が混ざって、俺は今が現実かどうかを判定するコマを回したくなる。ぐるぐると、エンドロールまで。

「どうせ台詞が分かんないだろ。後で観直させてあげるから、外に出よう」

「あー……ほんと、久しぶりに聞いたわ日本語」

「奈緒崎くん、ちょっと日本語下手になってる気がするんだけど。どうでもいいことばっかり言ってるし、僕には言わなかった久しぶりを日本語相手には口にするし」

この厭味な口調が今はたまらなかった。俺の夢の中では、こんなに流暢な罵倒の言葉は出てこないだろう。だから、これは現実なのだ。

「久しぶり、嗄井戸」

そう言うと、嗄井戸高久はようやく笑った。


外はめちゃくちゃ寒いけど、明るかった。星の光が砂漠との間で反響し合い、光を夜の底まで届けている。ローブの下で白い息を吐いている嗄井戸の目が、じっと俺のことを見つめていた。

「……ていうか、お前……よくここ分かったな。素直にすげえわ」

「君が、ずっと写真を送ってきてただろ。それで、大体の旅の道筋が分かった。最後はタンジェだったでしょ。君は単純だから、賢い僕なら絶対に見つけられると思って、モロッコに来た」

「マジか。すげえな。やっぱりお前って名探偵だよ。あ、そうだ。『カサブランカ』のモデルのホテル見たか?」

「観光してる余裕がっ! 僕にっ! あると思うのかっ‼ 追いかけてるんだぞ! こっちは! 君を!」

逆鱗に触れてしまったらしく、嗄井戸がすごい剣幕で怒鳴る。あ、確かに急いで追いかけてこなきゃ、ここで追いつかれないよな。嗄井戸の観光を邪魔したこと自体は申し訳ないので、俺は話題を変えることにした。

「えー……その真っ白い髪でも空港平気なんだな」

「少し手間取ったけどね！　次からは絶対に染めるから！　というか、そんなどうでもいい、日本の銀塩荘ででも出来そうな話をしに来たわけじゃないんだけど！」

ぜいぜいと荒い息をして、嗄井戸が俺のことを睨む。少しの躊躇いがあってから、嗄井戸が小さく呟いた。

「……どうして僕を置いていったの……」

嗄井戸の目には涙が浮かんでいて、俺は思わず息を呑む。

「いや、違う。そういうつもりじゃなくて……」

「じゃあ、どういうつもりだよ。この一年、僕がどんな気持ちでいたと思ってるの？　君からの写真が届く度に、色んな意味でめちゃくちゃだったよ」

「あー、どうだった？　あれ」

「良かったよ。すごく」

その言葉だけで、俺はなんだかすっかり満足してしまった。

俺はずっと、この言葉を待ち望んでいたのかもしれないと思った。レスポンスを受け取れない場所にいるのは、ある種の特権で、逃げでもあったのかもしれない。

「……そっか。そう言ってもらってよかったわ。正直俺、この一年ずっとお前と旅してるような気分だったよ」

ずっと心にあったことを、素直に口にする。

結構良い台詞だと思ったのだが、嗄井戸は舌打ちを返した。

「は？　いなかったけど。勝手に帯同させないでくれる？　物理的に離れてただろ。そういうレトリックは映画の中だけで十分なんだけど」

「えっ、これ駄目なのかよ。マジか」

これも駄目となると、もう言うべきことなんて一つしか残ってない。

全然まとまってなくて、自分でもどこに辿り着くか分からない言葉だ。この旅の途中で追いかけ続け、今もなお手の中には無いだろうものだ。

「お前はすごい奴だよ。今やモロッコまで来られる名探偵だし」

「……誰のせいでモロッコまで来る羽目になってると思ってるのさ……」

「俺は前までお前の代わりに推理を披露する役割だっただろ。でも、お前が名探偵として独り立ちしたら、俺はお役御免なわけだ」

そう言うと、嗄井戸が大きな目を更に丸くした。そして、ちょっと声を詰まらせながら言う。

「お役御免な……わけないだろ……僕は、僕がどんな思いで頑張って、どんな思いでここまで来たと──」

「でもやっぱり、お役御免っていうのは嫌じゃん」

嗄井戸が今度はぽかんとした顔をした。表情がくるくる変わって、まるで短編映画でも観ているような気分になる。一年ぶりに味わう高揚感だった。

「お前はこれから外出て色んな映画とか観るだろうし、色んなやつと出会うだろ。それでもまあ俺と仲良くしたいって思ってもらわないといけないんだよな、と思ってさ。じゃー映画監督にでもなるかって思ったんだけど、俺は映画作るの向いてないらしくて」

「待って……そんな……そんなことで写真を……というか映画を撮ろうって……？　ああ、分かるけど……分かっていい部分が……」

流石は頭が良いだけのことはある。俺の言いたいことはすっかり伝わったようだ。

「要するに、僕に相応しいくらい特別になりたいわけでしょ、奈緒崎くんは」

「そういう風にまとめられると何かムカつくな」

「そういうことだよ」

嗄井戸が小馬鹿にしたように言う。涙がどこかに行っていて、そこだけは安心した。

「でも、それで写真やってよかったと思うんだよな。俺、なんか撮るの上手くなってる気するし。なんだっけ、二分しか撮れないカメラでとりあえず色々撮ってた監督。あれみたいに、とりあえずやってみてよかったと思うんだよ」

俺は適当に世界を歩いて、モロッコまで辿り着いた。そこで嗄井戸の推理を再演し、本物の名探偵は俺の居場所を突き止めた。クリシェみたいに現れて、今ここでエンディングを迎えようとしている。

「それこそクリストファー・ノーランだよ……さっき上映してたもんね、インター……」

「あ、あれもノーランなのか」

「あの特徴的な作風を観て気づかないのもびっくりだけど……」

相変わらず口が減らないやつだ。そろそろ小突いてやろうかと思っている間に、嗄井戸が口を開いた。

「それじゃあ、一つだけお願い聞いてよ」

「どうしてそうなるんだよ」

「映画監督になってまで僕の気を引くよりは簡単だと思うけど」

そう言われると、もうぐうの音も出なかった。これで古今東西の映画耐久視聴とかを提示されたらお手上げだ。でも、モロッコまで来てもらった手前、俺はそれを受け容れるべきなのか？

果たして、嗄井戸は言った。

「左右の概念を知らない僕に、左右について説明してほしい。ただし僕とは電話越しに話していることとして、純粋に言葉だけで」

「は？」

「言っておくけど『お前は左右のことを知ってるだろ』とかくだらないことは言わないでね」

「はあ……」

意味の分からない言葉に首を傾げながらも、俺はちゃんと考える。電話越しっていうのは、つまり──あのテントがある方向が右、とかは言えないわけで。うん？　じゃあつまりどんな言い方をすればいいんだ？

「箸を持つ方が右っていうのは？」

「僕が仮に左利きだとしたら、箸を持つ方が右っていうのは間違いになるでしょ」

俺の思いつきがあっさりと却下される。そうか、それじゃあ……うん？　これ、無理じゃないか？

悩んでいる俺に対し、嗄井戸は笑って言った。

「これはクリストファー・ノーランが投げかけてきた問題でね。元々はオズマ問題っていう命題のアレンジなんだけど……左右の主観性についての問題なんだ」

クリストファー・ノーランの話だから、このタイミングで出してきたってことなのか。なかなかどうして分かりやすい筋道である。モロッコといえば『インセプション』と思いながらタンジェの街を見下ろしていたことを思い出す。これも全部何かの伏線だったんだろうか？

「へー、で？　答えは？」

「答えはまだ見つかってないよ」

「……そういうのやめろって。引っかけ問題じゃん」

「クリストファー・ノーランの考えで言うと、左右というのは主観から逃れられないものであるんだよ。人間はそれぞれの左右を主観的に持ち、決して完全に理解することが出来ないそれを客観により共有する」

つまり左右のことを説明するなんて無理ってことだ。無理難題を押しつけてくるって、お前は一休さんの将軍か何かなのだろうか。生憎俺はとんちが利かないタイプなので、ただ顔を顰めるばかりである。

「その上で彼は、映画は個々の主観が体験に影響を与えるものだと言っているんだ。どんな状況で誰が観たかで映画は変わる。だからこそ永遠なんだと」

「へー……洒落たこと言ってるな」

「その通り」

「で？　どういうこと？　俺が左右の概念を解決したら偉人ってこと？」

ぐるぐる遠回りをしてテーマがよく分からなくなるのも難解な映画の特徴だ。観終えた後にこういう話だったのかって分かるけど、観ている最中は目の前に起こったことだけに集中せざるを得なくなる。

嗄井戸はそれからまたしばらく黙っていた。満天の星の下で、細められた目の中にも星を宿している。たっぷりの時間を掛けて、嗄井戸はようやく言った。

「つまり、君と映画を観ることには、それだけで代替不可能な唯一無二の価値がある」

「お前、それだけのことを言うためだけにくどくど右左がどうとか言ってたの？」

「……僕は君の心に沁み入るように工夫した結果なんだけど……」

映画ばっかり観ているから、こんな小洒落た表現しか出来なくなっているのだろう。でも、悪くない。ここは数多の傑作が生まれ、未来の名作が生み出されるだろう場所だ。少しくらい映画めいていても誰も咎めない。捻られた上のベタな励ましで絆されるのだっていいだろう。

こいつが求めるなら、俺はこれからも、俺なりの左右を考え続けるだろう。主観と客観の間で、色んなものをこいつに見せてやるつもりだ。現像しなかった写真も、こいつに送らなかった写真も沢山ある。しばらく退屈しないはずだ。

「さて、せっかくモロッコに来たんだから、改めてタンジェやアイト・ベン・ハッドゥにも行きたいな。奈緒崎くんのことだから、どうせ映画博物館には行ってないんだろ？　ああ、折角だからアトラスでここでしか観られない映画も観たいよね」

「俺もうそろそろ次のとこ行こうと思うんだけど、お前はしばらくモロッコにいるの？」

「ここに来て解散の空気出すのすごくない？　普通はそうはならないでしょ」

「そうだなあ、じゃあ、まあ一緒に何か観るか」

言いながら、俺はカメラを構える。

俺達には悲劇があり、迷いがあり、一問着（ひともんちゃく）も事件も謎もあったが、これが映画なら、それは全て誂（あつら）えられたハッピーエンドへと向かうはずだ。

カメラに気づいた嗄井戸は、意外にも大人しくフレームの中に収まっていた。砂と星を背景に、どこまでも広い世界を背に、嗄井戸高久が立っている。過去と今が繋がり、その笑顔に意味が生まれる。ああ、これか。と俺は思う。

これが俺の場所だ。

あとがき

デビュー作シリーズであること以上に特別な作品です。デビューして八年ほど経った今でも細々と重版し、今でも読者の方々から触れて頂くことの多い作品で、自分でもずっと大切な位置に置かれていたものでした。既刊三巻で探偵役である嗄井戸高久の物語――引きこもりであった彼が外に出るまでの物語については書き終えられましたが、反面、彼を外の世界に引き戻す役だった奈緒崎の物語については特に書かずに終わってしまいました。

読者の方から奈緒崎のその後を尋ねられた時には「設定上彼はカメラマンになっています」と答えていたのですが、どういった進路を辿ってそうなったのかを小説という形にしてはいませんでした。その後、様々な理由から私がデビュー版元から離れてしまったことから、シリーズの続編は構想がありつつも結局実現することはありませんでした。

今回、またしても様々な理由が噛み合い、デビュー版元の了承を得てこうして『ジャーロ』に続編を連載出来、こうして一冊に纏められたことは奇跡のようなことだと思っています。間違い無く、ずっと応援し続けてくださった読者の方々のお陰です。また、お力添え頂いた担当者の方々にも、心より感謝申し上げます。

また、最終話である『会縁奇縁のリエナクトメント』だけは、いつか絶対に世に出そうと思い、長年原型となる原稿を寝かせておいたものでした。奈緒崎というキャラクターの一区切りを書けて、本当に安心しています。

本書が映画という素晴らしい『世界』への賛歌となっていますように。

斜線堂有紀

二〇二五年三月

初出一覧

作為改変のコンティニュイティ　『Jミステリー2022　FALL』光文社文庫編集部編（2022年10月刊）

懐古所以のオデッセイ　「ジャーロ」89号（2023年7月）※初出時は「所以懐古のオデッセイ」

断崖空壁の劇場落下　「ジャーロ」90号（2023年9月）

水没錯誤の幽霊譚　「ジャーロ」91号（2023年11月）

一生一会のカーテンレイス　「ジャーロ」92号（2024年1月）※初出時は「一生一会のカーテンレイズ」

会縁奇縁のリエナクトメント　「ジャーロ」93号（2024年3月）

この作品はフィクションであり、実在する人物・団体・事件などには一切関係がありません。

斜線堂有紀（しゃせんどう・ゆうき）

上智大学卒。2016年、『キネマ探偵カレイドミステリー』で第23回電撃小説大賞メディアワークス文庫賞を受賞してデビュー。'21年『楽園とは探偵の不在なり』が、第21回本格ミステリ大賞（小説部門）にノミネート、各ミステリランキングに続々ランクインするなどして話題を呼ぶ。著書に『廃遊園地の殺人』『愛じゃないならこれは何』『君の地球が平らになりますように』『回樹』などがある。

キネマ探偵カレイドミステリー　会縁奇縁のリエナクトメント

2025年3月30日　初版1刷発行

著　者　斜線堂有紀

発行者　三宅貴久

発行所　株式会社 光文社

〒112-8011　東京都文京区音羽1-16-6

電話　編　集　部　03-5395-8254

　　　書籍販売部　03-5395-8116

　　　制　作　部　03-5395-8125

URL　光　文　社　https://www.kobunsha.com/

組　版　萩原印刷

印刷所　新藤慶昌堂

製本所　ナショナル製本

ISBN978-4-334-10555-6